Alles, was man
nicht wissen muss

Für Jürgen Ballenberger, du fehlst uns.

Andreas Ballenberger

Alles, was man nicht wissen muss

Das Lexikon der erstaunlichen Tatsachen

Bibliografische Information der Deutschen Nationalbibliothek:
Die Deutsche Nationalbibliothek verzeichnet diese Publikation
in der Deutschen Nationalbibliografie;
detaillierte bibliografische Daten sind im Internet über
http://dnb.d-nb.de abrufbar.

Der Autor
Andreas Ballenberger wurde am 27. März 1971 in Memmingen geboren.
Er ist verheiratet und lebt mit seiner Familie im schönen Allgäu.

1. Auflage 2009

Satz, Umschlagdesign, Herstellung und Verlag:
Books on Demand GmbH, Norderstedt

ISBN 978-3-8370-3186-7

„Man will nicht nur glücklich sein, sondern glücklicher als die anderen. Das ist deshalb so schwer, weil wir alle anderen für glücklicher halten, als sie es sind."

Charles de Montesquieu

Anregungen, Berichtigungen, Hinweise oder Fragen nehme ich gerne unter ballenberger@gmx.de entgegen.

A

Aal
Das Blut eines Aals enthält ein Nervengift, das erst beim Braten, Kochen oder Räuchern neutralisiert wird. Frisches Aalblut sollte deshalb nicht mit den Augen oder den Schleimhäuten in Berührung kommen.

ABBA
Ein Mitglied der schwedischen Popgruppe ABBA stammt gar nicht aus Schweden. Frida Lyngstad wurde am 15. November 1945 als Anni-Frid Synni Lyngstad in Björkasen (Norwegen) geboren. Sie kam als Kind mit ihrer Großmama nach Schweden.

Abcoude
Abcoude, eine Gemeinde in der niederländischen Provinz Utrecht, ist die einzige Stadt Europas, deren Name mit „Abc“ beginnt.

Arthur Abraham
Der IBF-Boxweltmeister im Mittelgewicht Arthur Abraham verteidigte am 23. September 2006 seinen Titel gegen Edison Miranda und boxte die letzten 8 Runden dieses Kampfes mit doppelt gebrochenem Kiefer.

Roman Abramowitsch
Der russische Milliardär und Besitzer des englischen Fußballklubs Chelsea London, Roman Abramowitsch, ist Gouverneur der Region Tschukotka. Diese Tätigkeit ist mit strafrechtlicher Immunität verbunden.

Konrad Adenauer, Teil 1
Der spätere Bundeskanzler Konrad Adenauer war von 1917 bis 1933 Oberbürgermeister der Stadt Köln. Er galt zu jener Zeit aufgrund seiner Projekte und seines Gehaltes als der teuerste Oberbürgermeister im ganzen Land.

Konrad Adenauer, Teil 2
Am 27. März 1952 wurden zwei Jungen von einem unbekannten Mann gebeten, ein Päckchen bei der Post aufzugeben. Das Päckchen war an den Bundeskanzler

Konrad Adenauer adressiert. Da sie von ihrem Auftraggeber verfolgt wurden, lieferten es die beiden Buben vorsichtshalber bei der Polizei ab. Beim Öffnen explodierte das Paket und tötete den Polizeibeamten Karl Reichert. Die Drahtzieher dieses Attentats auf Konrad Adenauer wurden nie gefasst.

Afghanistan
Zwischen 1901 und 2002 wechselte Afghanistan exakt 19-mal die Nationalflagge.

Afrikanischer Nacktmull
Der afrikanische Nacktmull kennt keine Schmerzen. Forscher bespritzten seine Haut mit Säure und anderen Schmerz auslösenden Substanzen. Das Tier reagierte in keiner Form auf die verschiedenen Reize.

Mike Agassi
Emmanuel „Mike" Agassi, der Vater des Tennisprofis Andre Agassi, nahm 1952 für den Iran an den Olympischen Spielen teil. Allerdings nicht als Tennisspieler, sondern als Boxer.

Wolf-Dieter Ahlenfelder
Der Schiedsrichter Wolf-Dieter Ahlenfelder pfiff am 08. November 1975 das Nordderby zwischen Werder Bremen und Hannover 96 völlig überraschend schon nach 29 Minuten ab, da er offensichtlich betrunken war und vergessen hatte, dass eine Halbzeit beim Fußball 45 Minuten dauert. Während des Spiels grinste Ahlenfelder grundlos, schimpfte vor sich hin, ruderte bei Spielunterbrechungen gleichzeitig mit den Armen und prustete laut lachend los. Noch heute erhält man bei Werder Bremen ein Bier und einen Malteserschnaps, wenn man einen „Ahlenfelder" bestellt.

Buzz Aldrin
Buzz Aldrin war der zweite Mensch auf dem Mond.

Eberhard Alexander-Burgh
Der deutsche Schriftsteller und Jugendbuchautor Eberhard Alexander-Burgh erreichte unter anderem durch sein Schlossgespenst Hui Buh große Popularität. Die Firma Europa verkaufte über 26 Millionen Stück der Hörspiele des einzig behördlich zugelassenen Gespenstes auf

Schloss Burgeck. Als Eberhard Alexander-Burgh am 21. Oktober 2004 verstarb, vermachte er einen Großteil seines Erbes dem Berliner Bezirk Charlottenburg-Wilmersdorf zur Förderung von Projekten für Kinder und Jugendliche, da er das Geld, das er über Jahre durch Kinder verdient hatte, an Kinder zurückgeben wollte.

Alibi

In ihrem Roman *Alibi* aus dem Jahre 1926 lässt Agatha Christie den Gutsbesitzer Roger Ackroyd ermorden. Dieser hat sich noch kurz vor dem Tod seinem Freund Dr. Sheppard anvertraut. Und Dr. Sheppard ist es dann auch, der über die Ermittlungen des Detektivs Hercule Poirot berichtet. Poirot verdächtigt wie gewohnt erst mal alles und jeden. Und es ist erstaunlich, wie viele der Verdächtigen ein triftiges Motiv gehabt hätten, Ackroyd zu ermorden. Der Überraschungseffekt des Romans liegt aber darin, dass der Täter in diesem Fall der Erzähler ist. Die gesamten Ermittlungen werden vom Mörder wiedergegeben, der kein anderer als Dr. Sheppard selbst ist.

Allelopathie

Auch bei den Pflanzen ist der Konkurrenzdruck um Nährstoffe und Wasser groß. Deshalb scheiden viele Pflanzen organische Stoffe aus, die das Wachstum anderer Pflanzen hemmen. Dieses Verhalten nennt man Allelopathie. Ein gutes Beispiel dafür ist der Wallnussbaum, in dessen Umgebung kaum eine andere Pflanze gedeihen kann.

Amerikanisch

Zahlreiche Bücher, die in den USA Bestseller waren, werden später auch ins Deutsche übersetzt. In der deutschen Ausgabe kann man dann zu Beginn häufig den Satz „aus dem Amerikanischen“ übersetzt lesen. Es gibt jedoch offiziell keine Sprache namens Amerikanisch. Die Einwohner der USA sprechen amerikanisches Englisch.

Amerikanischer Waldfrosch

Der Amerikanische Waldfrosch übersteht einen Winter mit Temperaturen weit unter dem Gefrierpunkt, indem er eine ausgeklügelte Technik anwendet. Er lässt sich absichtlich einfrieren. In den lebenswichtigen Organen befinden sich hohe

Konzentrationen an Glukose, die wie ein Frostschutzmittel wirken. Die teilweise gefrorenen Frösche hören auf zu atmen, der Herzschlag kommt fast zum Stillstand und sie sehen aus wie tot. Wenn sich im Frühjahr die Temperaturen wieder über den Gefrierpunkt bewegen, tauen die gefrorenen Körperteile auf, und Herz und Lunge fangen wieder an, normal zu arbeiten.

Amish

Jeder männliche Amish, der verheiratet ist, trägt einen Bart.

Ampel

Autofahrer aus Hamburg, die in München zu Besuch sind, werden oftmals beim Überfahren einer roten Ampel geblitzt, weil die Ampeln in Hamburg mit 4 Sekunden länger gelb leuchten als in München mit 3 Sekunden. Das sind die Norddeutschen nicht gewohnt und schätzen die verbleibende Zeit bis zum Umschalten auf Rot regelmäßig falsch ein.

Hans Christian Andersen

Der dänische Schriftsteller Hans Christian Andersen hatte selbst keine Kinder, obwohl er vor allem durch seine bezaubernden Kindermärchen *(Des Kaisers neue Kleider, Die Prinzessin auf der Erbse)* bekannt wurde.

Angst

Angst gilt in der freien Wildbahn als nützliches Gefühl, da sie die Wachsamkeit und Konzentration erhöht.

Anti-Nobelpreis

Die Harvard-Universität in Cambridge (USA) verleiht jedes Jahr einen Ig-Nobelpreis, bei uns auch als Anti-Nobelpreis bekannt, für unnütze oder bizarre wissenschaftliche Arbeiten. Die Verleihung fand erstmals 1991 statt, die Dankesrede darf aus höchstens sieben Worten bestehen und der Preis wird seit einigen Jahren von einem echten Nobelpreisträger überreicht.
Einige der ehrwürdigen Preisträger der letzten Jahre waren: Claire Rind und Peter Simmons von der Newcastle University für die Erforschung der Hirnströme von Heuschrecken beim Ansehen von Star Wars. Gauri Nanda vom Massachusetts Institute of Technology für die Erfindung eines rollenden

und sich wiederholt selbst versteckenden Weckers. Charl Fourie und Michelle Wong aus Johannesburg für die Erfindung einer Alarmanlage für Autos, bestehend aus einer Erkennungsschaltung und einem Flammenwerfer, der den potenziellen Autodieb sofort knusprig durchbrät. Peter Fong vom Gettysburg College für seinen Beitrag zur Lebensfreude von Muscheln, indem er ihnen Antidepressiva verabreicht.

Aprikosen

Die Aprikose stammt aus China.

Osvaldo Ardiles

Der argentinische Mittelfeldspieler Osvaldo Ardiles trug bei den Fußballweltmeisterschaften 1978 und 1982 jeweils die Nummer 1, weil Argentinien die Rückennummern damals nach dem Alphabet vergab.

Arizona

In der Wüste von Arizona wird eine Spezialeinheit der Polizei eingesetzt, um den Diebstahl von Kakteen zu verhindern. Aufgrund des Schwarzhandels mit wild wachsenden Kakteen sind bereits ein Dutzend Kakteenarten vom Aussterben bedroht.

Arizona-Chuckwalla-Echse

Die Arizona-Chuckwalla-Echse ist eine Eidechse, die in den Wüsten im westlichen Nordamerika überwiegend in felsigem Gelände lebt. Wenn Arizona-Chuckwalla-Echsen Angst bekommen, flüchten sie oft in eine Felsspalte. Dort zeigen sie dann ein originelles Verhalten. Wenn sie sich in der Höhle bedrängt fühlen, atmen sie mehrmals tief ein und pumpen sich mit Luft voll. Dadurch verkeilen sie sich so stark in ihrem Versteck, dass sie auch der stärkste Fressfeind nicht mehr herausbekommt.

Armbrust

Die Feuerwehrleute der Betriebsfeuerwehr eines Pharmakonzerns haben bei ihren Einsätzen immer eine Armbrust dabei. Diese Spezialeinheit hat die Aufgabe, Löcher in Fässer zu schießen, die sich durch Hitze und Gasentwicklung ausdehnen und deshalb zu explodieren drohen. Durch die Löcher kann das Gas dann entweichen und die Explosionsgefahr ist beseitigt.

Arsen

Ein Mensch, der mit Arsen vergiftet wurde, riecht nach Knoblauch.

Artioli

George W. Bush und Saddam Hussein ließen sich ihre maßgeschneiderten Schuhe beide beim italienischen Edelschuster Artioli anfertigen.

Athos

Der heilige Berg Athos in Griechenland darf weder von Frauen noch von weiblichen Tieren betreten werden. Dies führte schon wiederholt zu Kontroversen mit der Europäischen Union.

Atomwaffentest

Mitte der Fünfzigerjahre des 20. Jahrhunderts wollten die britische und die australische Regierung neun Atomwaffentests in der Victoria-Wüste in Zentralaustralien durchführen. Bei der Vorbereitung dazu wurde der Buschexperte Walter Macdougall damit beauftragt, mit einem Assistenten das Gebiet nach Menschen zu durchsuchen. Dabei wurden zufällig die Spinifex People entdeckt, ein Stamm der Aborigines, der bis dahin noch nie Kontakt mit weißen Menschen hatte.

Aufkleber am Fenster

In den USA kann man rotsilbern glänzende Aufkleber an den Fenstern von Häusern sehen. Diese Aufkleber markieren die Lage der Kinderzimmer für die Feuerwehr, damit die Kinder bei einem Brand als Erste gerettet werden können.

Auflaufkind

Das Wort Auflaufkind fand 2006 erstmalig Eingang in den Duden und bezeichnet ein Kind, das Fußballspieler beim Auflaufen auf den Platz begleitet.

Augen

Die Augen eines Menschen frieren auch bei sehr großer Kälte nicht zu, da die Tränenflüssigkeit Salz enthält.

Augenbrauen

Der Mensch hat Augenbrauen, damit ihm der Schweiß von der Stirn nicht direkt in die Augen laufen kann.

Augenlid
Der Muskel, der das obere Augenlid bewegt, ist der schnellste im menschlichen Körper. Er muss extrem schnell sein, da das obere Augenlid die Aufgabe hat, das Auge vor Verschmutzung oder Verletzungen zu schützen.

Klaus Augenthaler
Klaus Augenthaler, der ehemalige Trainer des Fußballbundesligisten VfL Wolfsburg, gab im Mai 2007 eine denkwürdige Pressekonferenz. Er trat vor die Journalisten, stellte vier kurze Fragen zum Abstiegsfinale bei Alemannia Aachen und beantwortete anschließend alle Fragen selbst. Das Ganze dauerte insgesamt nur 42 Sekunden. Danach verließ er wortlos den Raum. Augenthaler reagierte damit auf die anhaltende Kritik der Medienvertreter an seiner Person.

Augsburg
Augsburg ist die einzige Stadt Deutschlands, die einen eigenen gesetzlichen Feiertag hat. Das Hohe Augsburger Friedensfest am 08. August.

Augsburger Puppenkiste
Die erste Aufführung der Augsburger Puppenkiste fand am 26. Februar 1948 im Heilig-Geist-Spital in Augsburg statt. Gespielt wurde das Märchen *Der Gestiefelte Kater*.

Australische Brennnessel
Die australische Brennnessel gilt als die am stärksten hautreizende Pflanze der Welt. Eine Berührung führt zu höllischen Schmerzen, die monatelang anhalten. An der starken Reizwirkung dieser Pflanze ist unter anderem das Octapeptid Moroidin beteiligt.

Auto
Wenn ein Auto im Wasser versinkt, ist die Elektronik trotzdem noch einige Stunden funktionstüchtig.

Autobahnen
Autobahnen, die von Osten nach Westen verlaufen, haben gerade Nummern (zum Beispiel die A2). Nord-Süd-Autobahnen haben ungerade Nummern (zum Beispiel die A7). Autobahnen mit einstelliger Nummer sind von bundesweiter, solche mit

zweistelliger (A45) von übergeordneter regionaler Bedeutung.

Autobahnausfahrt

Autobahnen verlässt man in der Regel über eine Ausfahrt auf der rechten Seite. Die einzige Autobahnausfahrt nach links befindet sich auf der A81 bei Gärtringen (vom Bodensee kommend, Richtung Stuttgart). In dem Streckenabschnitt war ursprünglich ein Autobahndreieck geplant.

Autobahnbrücken

In Deutschland gibt es Überlegungen, alle Brücken, die über eine Autobahn führen, mit einer deutlich lesbaren Nummer zu versehen. Falls jemand Steine oder Kanaldeckel von der Brücke auf Autofahrer wirft, kann der Tatort dann wesentlich schneller und präziser an die örtliche Autobahnpolizei gemeldet werden, die dadurch größere Chancen hat, den Täter festzunehmen.

Autofahrer

1950 fuhr der durchschnittliche Autofahrer rund 1.000 km im Jahr.

Autokennzeichen in der DDR

Die Buchstaben für die Autokennzeichen in der damaligen DDR wurden von Nord nach Süd vergeben. Rostock hatte das Kennzeichen *A*, Berlin das Kennzeichen *I* und Cottbus das *Z*.

Autoradio

Viele Menschen machen das Autoradio leiser, wenn sie sich verfahren haben.

B

Babys, Teil 1

Neugeborene Babys atmen etwa fünfmal so schnell wie ein erwachsener Mann.

Babys, Teil 2

Babys können gleichzeitig schlucken und einatmen.
Erwachsene können das nicht.

Babys, Teil 3

Die meisten Menschen nehmen ein Baby auf den linken Arm, egal ob sie Links- oder Rechtshänder sind.

Babys, Teil 4

Babys haben keine Kniescheiben. Diese entwickeln sich erst im Alter von 2 bis 3 Jahren.

Badeschaum

Badeschaum ist immer weiß, auch wenn der Badezusatz farbig ist.

Timothy Bud Badyna

Der Amerikaner Timothy Bud Badyna lief am 24. April 1994 in Toledo (USA) einen Marathon in 3 Stunden 53 Minuten und 17 Sekunden. Das Besondere an diesem Lauf war, dass Timothy Bud Badyna den ganzen Marathon rückwärts lief und mit seiner Zeit von 3 Stunden 53 Minuten und 17 Sekunden einen neuen Weltrekord aufstellte.

Bären

Braunbären halten bis zu sieben Monate Winterruhe. Ein Mensch würde bei einer ähnlich langen Ruhephase, etwa durch einen Krankenhausaufenthalt, rund neunzig Prozent seiner Muskelkraft verlieren. Das Hormon Hibernation Induction Trigger (HIT) ermöglicht es den Bären, ihren langen Winterschlaf zu überstehen, ohne dabei an Muskelkraft einzubüßen.

Bärenspinner

Der nordamerikanische Bärenspinner ist ein Schmetterling. Das Bärenspinner-Männchen löst giftige Alkaloide aus Pflanzen, saugt die Flüssigkeit auf und speichert sie, ohne sie zu verdauen. Kurz vor der Paarung besprüht er das Weibchen mit diesem giftigen Gemisch. Das so behandelte Weibchen wird auf diese Art und Weise für die Fressfeinde des Bärenspinners uninteressant und das Männchen erhöht so die Überlebenschancen seines Nachwuchses.

Bahngleise

Bei den Eisenbahnspuren gibt es die drei Spurbreiten Schmalspur, Normalspur und Breitspur. Die Normalspur ist 1.435 mm breit. Nur in Russland (1.520 mm) und Spanien (1.668 mm) wählte man damals andere Spurweiten, da man verhindern wollte, dass der Feind im Kriegsfall die eigenen Eisenbahngleise nutzen könnte.

Balchaschsee

Der Balchaschsee in der wüstenhaften Steppe des östlichen Kasachstan ist der einzige See der Welt, dessen Wasser auf der einen Seite süß und auf der anderen Seite salzig ist. Das westliche Ende wird durch den Fluss Li gespeist und ist deshalb süß. Die östliche Hälfte schrumpft wegen der Verdampfung und die erhöhte Salzkonzentration lässt das Wasser salzig schmecken. Beide Hälften werden durch eine Sandbank (Uzun-Aral-Straße) getrennt.

Ballaststoffreich

Ein Nahrungsmittel ist nach den EU-Richtlinien zur Kennzeichnung von Nahrungsmitteln dann ballaststoffreich, wenn es mehr als 6 Gramm Ballaststoffe pro 100 Gramm des Nahrungsmittels enthält.

Bambus, Teil 1

Fast alle Bambusarten einer Art blühen zur gleichen Zeit, egal ob sie im tropischen Klima Asiens oder im trockenen europäischen Klima wachsen. Nach der Blüte sterben sie oftmals kollektiv ab. Die Vermutungen bezüglich der Steuerung dieses Phänomens sind vielfältig, sie reichen von genetisch programmierten Blühbefehlen bis hin zu Zusammenhängen mit der Sonnenaktivität. Bambus blüht oft erst nach 20 bis 30 Jahren.

Bambus, Teil 2

Ein Bambus kann in seiner Hauptwachstumsphase täglich über einen Meter wachsen.

Bankgeheimnis in der Schweiz

Das Bankgeheimnis in der Schweiz besagt, dass die Schweiz ausländischen Steuerbehörden nur bei Steuerbetrugsverdacht, nicht aber bei Verdacht auf Steuerhinterziehung Auskunft geben darf.

Barbapapa

Die Mitglieder der Zeichentrick-Familie Barbapapa sind Barbapapa, Barbamama, Barbabella, Barbaletta, Barbarix, Barbawum, Barbabo, Barbakus, Barbalala.

Bartgeier

Der Bartgeier ist in der Lage, sich von Knochen zu ernähren. Als letztes Glied in der Nahrungskette ist er fähig, die Knochen zu verdauen, die andere Aasfresser von ihrer Mahlzeit übrig gelassen haben.

Basenji

Der Basenji ist die einzige Hunderasse, die nicht bellt.

Batman

Ein norwegischer Student darf sich seit kurzem offiziell „Batman" nennen. In Norwegen wurde 2003 das Namensrecht liberalisiert. Die Norweger dürfen nun auch altertümlich klingende Nachnamen ihrer Vorfahren annehmen. Die Antragsteller müssen nur beweisen, dass es den betreffenden Namen in der Familie irgendwann einmal gegeben hat. Der Medizinstudent Anders Mjelle aus Tromso konnte die Behörden überzeugen, dass einige seiner Vorfahren Batman (Batman ist das norwegische Wort für Bootsmann) hießen. Deshalb durfte er den Nachnamen Batman annehmen.

Baumstachler

Der Baumstachler ist ein relativ großes Nagetier, das in den Wäldern Süd- und Nordamerikas zu Hause ist. Er hat ein großes Nagebedürfnis und kann mit seinen scharfen Zähnen sogar Glas durchnagen.

Bayern

Bayern hat als einziges Bundesland der deutschen Verfassung bis heute noch nicht zugestimmt. In der Sitzung des Bayerischen Landtages vom 20. Mai 1949 stimmten 63 Abgeordnete für das Grundgesetz und 101 dagegen. Die bayerischen Abgeordneten lehnten die Verfassung der Bundesrepublik ab, da der Bund zu viel Macht gegenüber den Ländern erhalten würde. Auch eine Petition an den Landtag im Jahre 1999, der Verfassung endlich zuzustimmen, wurde nicht beantwortet.

Boris Becker
Der ehemalige Tennisprofi Boris Becker hat keinen Schulabschluss.

Peter Becker
Der Präsident des Zentralverbandes des Deutschen Bäckerhandwerks heißt Peter Becker.

Ludwig van Beethoven
Ludwig van Beethoven starb 1827 an einer chronischen Bleivergiftung.

Beetle
Das englische Wort Beetle bedeutet auf Deutsch Käfer.

Gerhard Behrendt
Gerhard Behrendt erfand 1959 das Sandmännchen.

Bekanntheitsgrad
Okay und Coca-Cola sind die beiden bekanntesten Wörter der Welt.

Mark Benecke
Der Kriminalbiologe und Spezialist für forensische Entomologie Mark Benecke durfte 2004 in Zusammenarbeit mit dem KGB die Schädeldecke und die Zähne Adolf Hitlers analysieren.

Benin
In Afrika werden Fußballmannschaften gerne nach Tieren benannt. Die Spieler aus Benin sind zum Beispiel die Eichhörnchen.

Derek Bentley
Der Fall Derek Bentley gilt als einer der größten Justizirrtümer der britischen Geschichte. Derek Bentley wurde im Alter von 19 Jahren für einen Mord hingerichtet, den er nicht begangen hatte. Der Fall beschäftigte die britische Justiz mehr als 45 Jahre und Derek Bentley wurde 1998 posthum begnadigt.

Albrecht Berblinger
Albrecht Ludwig Berblinger ist

auch bekannt als der Schneider von Ulm, der versucht hatte, mit einem selbst gebastelten Flugapparat von der Adlerbastei über die Donau zu fliegen.

Björn Berg

Björn Berg ist ein schwedischer Zeichner, Björn Borg ist ein schwedischer Tennisspieler.

Margaretha Berg

Margaretha Berg, die Großmutter von Grace Kelly (US-Schauspielerin und spätere Fürstin Gracia Patricia von Monaco), stammte aus Heppenheim an der Bergstraße in Hessen.

Beringstraße

Die USA grenzen über die 100 km breite Beringstraße mit dem Bundesstaat Alaska an Russland.

Berlin

In Berlin gibt es über 1.300 Döner-Buden, mehr als in Istanbul.

Berliner

John F. Kennedys Satz „Ich bin ein Berliner" ist der international berühmteste deutsche Satz.

Bernstein

Wegen seiner geringen Dichte (um 1,07) geht Bernstein im Süßwasser sofort unter, schwimmt aber im salzhaltigen Wasser. Diese einzigartige Eigenschaft wird unter anderem für die Bestimmung der Echtheit von Bernstein benutzt.

Johann Bessler

Der Erfinder Johann Ernst Elias Bessler, Künstlername Orffyreus, behauptete zu seiner Zeit, ein funktionsfähiges Perpetuum mobile erfunden zu haben, und führte es auch öffentlich vor. Er hatte allerdings die unschöne Angewohnheit, seine Maschinen zu zerstören, bevor sie genauer untersucht werden konnten, und nahm somit ein unter Umständen hochbrisantes Geheimnis mit ins Grab.

Betrug

„Wer die Menschen betrügen will, muss vor allem das Absurde plausibel machen."
(Johann Wolfgang von Goethe, Maximen und Reflexionen)

Bewerbungsunterlagen

Bewerbungsunterlagen mit Foto

sind in vielen Ländern Europas unüblich, in Großbritannien und den USA sogar als diskriminierend verboten.

Jeff Bezos
Jeff Bezos der Gründer des Internet-Versandhandels www.amazon.com hat eine eigentümliche Angewohnheit. Er macht mit seiner Fotokamera jeden Tag mindestens einen Schnappschuss, um den Verlauf seines Lebens chronologisch zu dokumentieren.

Bharat
Die amtliche Bezeichnung für Indien ist nicht Indien, sondern Bharat.

Bibelregal
Ein Bibelregal ist eine kleine tragbare Orgel.

Jeanette Biedermann
Die Sängerin Jeanette Biedermann machte eine Lehre als Friseuse bei dem Starfriseur Udo Walz, die sie aber 1999 abbrach.

Bienen, Teil 1
Bienen sind rotblind, daher sind rote Blüten für sie völlig unattraktiv.

Bienen, Teil 2
Honigbienen sind in der Lage, versteckte Landminen aufzuspüren. Die Tiere können durch Belohnung mit Honig so abgerichtet werden, dass sie auf den Geruch von Sprengstoff reagieren.

Bienen, Teil 3
Bienen kann man dazu einsetzen, um die Industrieverschmutzung zu messen. An ihren haarigen Beinen bleiben Schmutzpartikel haften und mit geeigneten Messgeräten kann man die Anteile von chemischen und biologischen Stoffen nachweisen.

Bienenrecht
Die §§ 961–964 des Bürgerlichen Gesetzbuches (BGB) wurden noch nie angewendet. Sie betreffen das Bienenrecht. Der § 961 (BGB) regelt zum Beispiel den Eigentumsverlust eines Bienenschwarmes.

August Bier
Der deutsche Mediziner und Biologe August Bier sagte: „Jedes Ding lässt sich von drei Seiten betrachten: von einer wirtschaftlichen, einer juristischen und einer vernünftigen."

Bittermandel
Der Verzehr von 5 bis 10 ungekochten Bittermandeln kann bei einem Kind (je nach Körpergewicht) zu einer tödlichen Vergiftung führen.

BKA
Das Bundeskriminalamt (BKA) platziert gezielt spektakuläre, aber falsche Informationen in Geheimakten. Sollten diese Informationen an die Öffentlichkeit gelangen, so weiß die Behörde, dass sie einen Verräter in ihren Reihen hat.

Blackbox
Der als Blackbox bezeichnete Flugschreiber, der nach Flugzeugkatastrophen helfen soll, den Unfallhergang aufzuklären, ist entweder rot oder orange, aber niemals schwarz.

Blattschneideameisen
Blattschneideameisen ernähren sich nicht von Blättern, sondern von Pilzen. Die Blätter sind aber für die Aufzucht der Pilze notwendig. Das ist der Grund, weshalb Blattschneideameisen so viele Blätter sammeln und lagern.

Blaue Karte
Im österreichischen Jugend- und Hallenfußball gibt es neben der Gelben und der Roten Karte auch eine Blaue Karte. Mit ihr kann der Schiedsrichter einen zeitlich begrenzten Ausschluss verhängen, in der Halle 2 Minuten, ansonsten 5 oder 10 Minuten, je nach Altersklasse.

Blauer Mond
Am 27. August 1883 schleuderte der Vulkan Krakatau in Indonesien bei einem gewaltigen Ausbruch so viel Asche, Staub und Dreck in die Luft, dass der Mond für mehrere Nächte blau aussah.

Blauer Urin
George III., König von England (1738 bis 1820), hatte blauen Urin. Experten vermuten, dass er

an Porphyrie litt, einer seltenen Krankheit. Eines der Symptome der Porphyrie ist die Färbung des Urins von leicht Rosa bis hin zu Dunkelbraun.

Blaukehl-Hüttensänger

Der Blaukehl-Hüttensänger ist ein mittelgroßer Singvogel aus der Familie der Drosseln. Der heranreifende männliche und weibliche Nachwuchs des munteren Vogels verhält sich höchst unterschiedlich, wenn es Zeit wird, flügge zu werden und von zu Hause auszuziehen. Während der weibliche Nachwuchs das Nest schon bald verlässt, um sein Glück in der weiten Welt zu suchen, hängen die Jungs so lange wie möglich im elterlichen Nest herum und verputzen die leckeren Mistelbeeren, die Papa und Mama sammeln.

Blaumeisen, Teil 1

Die Brust einer Blaumeise ist nicht blau, sondern gelb.

Blaumeisen, Teil 2

Blaumeisen flechten bewusst bestimmte Pflanzen (Schafgarbe) in ihr Nest ein, deren Inhaltsstoffe dazu geeignet sind, schädliche Bakterien oder Würmer abzuhalten.

Blausäure

Blausäure ist eine extrem giftige farblose Flüssigkeit, die nach Bittermandelöl riecht. Apfelkerne enthalten geringe Spuren von Blausäure.

Blinddarm

Bei einer Blinddarmoperation wird nicht der Blinddarm, sondern nur der Appendix (Wurmfortsatz) entfernt.

Blitzschlag

Es ist statistisch bewiesen, dass mehr Männer als Frauen vom Blitz getroffen werden. Menschen, die von einem Blitz getroffen wurden, befanden sich immer im Freien. Scheinbar halten sich bei Gewitter mehr Männer als Frauen im Freien auf, denn über achtzig Prozent der vom Blitz getroffenen Menschen sind Männer.

André Bloch

Der französische Mathematiker André Bloch erschlug im Alter von 24 Jahren drei seiner

Familienmitglieder mit einer Axt und wurde daraufhin in das psychiatrische Hospital Saint Maurice eingewiesen. Dort blieb er unter einem Pseudonym bis zu seinem Tod ein vorzüglicher und geistreicher Mathematiker. Als ein Arzt nach dem Grund für diese unbegreifliche Bluttat fragte, antwortete er: „Das ist eine Angelegenheit der mathematischen Logik. Es gab in meiner Familie Fälle von Geisteskrankheit. Die Vernichtung dieses Zweiges der Familie ergab sich wie von selbst.“ Nach Henri Baruk, dem Direktor von Saint Maurice, litt Bloch an einem morbiden Rationalismus und beseitigte radikal und rücksichtslos den Teil seiner Sippschaft, den er für erblich belastet hielt.

Norbert Blüm

Der frühere Bundesminister für Arbeit und Sozialordnung Dr. Norbert Blüm besuchte als Student auch einige Vorlesungen in Theologie und legte eine Prüfung in diesem Fach ab. Sein Prüfer war der katholische Theologieprofessor Joseph Ratzinger (der heutige Papst Benedikt XVI.), der dann auch den Schein für die bestandene Prüfung abzeichnete.

Blumen

Aus ästhetischen Gründen empfehlen Dekorateure, immer eine ungerade Anzahl an Blumen in eine Vase zu stecken.

Blutdruck

Um den Blutdruck zu ermitteln, müssen zwei Werte gemessen werden, der systolische und der diastolische Blutdruck. Der systolische (obere) Blutdruck entsteht, wenn sich das Herz zusammenzieht und das Blut in die Blutgefäße gedrückt wird. Der diastolische (untere) Blutdruck liegt vor, wenn der Herzmuskel gedehnt ist und sich wieder mit Blut füllt.

Blutflecken

Blutflecken in Textilien kann man gut mit Aspirin entfernen, da der Wirkstoff Acetylsalicylsäure (ASS) als Blutverdünner wirkt.

Blutschweiß

Nilpferde sind in der Lage, eine knallrote ölige Flüssigkeit abzusondern, die Blutschweiß genannt wird. Es handelt sich dabei aber weder um Blut noch um Schweiß im eigentlichen

Sinne. Nach Ansicht von Wissenschaftlern hat diese Flüssigkeit die Aufgabe, die Haut der Nilpferde feucht zu halten. Sie wirkt zudem Wasser abstoßend und tötet Bakterien ab. Die genaue chemische Zusammensetzung dieses Sekrets, über das nur Nilpferde verfügen, ist bis heute noch nicht genau geklärt.

William Blythe

William Blythe war der Vater des ehemaligen Präsidenten der USA Bill Clinton.

Johannes Jakob Böhm

Der am 09. Februar 1760 geborene deutschstämmige Johannes Jakob Böhm benannte sich später in Jacob Beam um und ist der Erfinder des Whiskeys *Jim Beam.*

Timo Boll

Tischtennis-WM 2005 in Schanghai, China fürchtet vor allem einen Spieler: Timo Boll. 25 Millionen Fernsehzuschauern stockt der Atem, als der Deutsche den Schiedsrichter korrigiert und einen Punkt zurückgibt. Es war der Matchball. Timo Boll verlor anschließend noch gegen Liu GuoZheng, aber er gewann den Respekt einer ganzen Nation.

Bombay Phänotyp hh

Es gibt eine sehr seltene Blutgruppe, die bisher nur bei 3 Menschen festgestellt wurde. Es handelt sich dabei um den Blutgruppentyp Bombay (Phänotyp hh).

Waldemar Bonsels

Die Biene Maja wurde 1912 vom deutschen Schriftsteller Waldemar Bonsels erfunden.

Bootsmannfisch

Der Bootsmannfisch kann sein Gehör leiser stellen. Während der Paarungszeit versucht er mit ohrenbetäubendem Gebrumme paarungswillige Weibchen auf sich aufmerksam zu machen. Damit er bei dem Lärm nicht selbst einen Hörschaden davonträgt, stellt er sein Ohr auf taub. Diese Reaktion wird durch ein Gehirnareal koordiniert, das parallel Signale an die den Lärm verursachenden Muskeln der Schwimmblase und an die Härchen im Hörorgan sendet.

Borborygmus
Borborygmus ist der medizinische Fachbegriff für Magenknurren.

David Bowie
Der britische Musiker David Bowie wohnte von 1976 bis 1978 in einer Altbauwohnung in der Hauptstraße 155 im Berliner Stadtteil Schöneberg.

Boxring
Man sagt umgangssprachlich Boxring, obwohl ein Boxring nicht rund, sondern quadratisch ist.

Boykott
Namensgeber für das Wort Boykott war Charles Cunningham Boycott.

Hennig Brand
Der deutsche Apotheker und Alchemist Hennig Brand entdeckte 1669 den Phosphor, als er menschlichen Urin untersuchte.

Willy Brandt
1974 trat der damalige Bundeskanzler Willy Brandt wegen der Spionageaffäre Günter Guillaume von seinem Amt zurück. 2003 wurde der Fernsehfilm *Im Schatten der Macht* ausgestrahlt, der die letzten Tage Willy Brandts vor seinem Rücktritt schilderte. Die Rolle des Spions Günter Guillaume spielte der Schauspieler Matthias Brandt, der leibliche Sohn Willy Brandts.

Braunkappe
Der Sprengstoff TNT verseucht den Boden auf ehemaligen Sprengplätzen und Munitionslagern, da er krebserregend ist. Bisher konnte die mit dem Sprengstoff belastete Erde nur durch Ausglühen entseucht werden. Dieses aufwendige Verfahren tötet allerdings auch alles Leben in dem betroffenen Flecken Land. Ein einheimischer Speisepilz ist in der Lage, dieses Problem zu lösen. Die Braunkappe verfügt über ein Enzym, das TNT-Moleküle aufbrechen und unschädlich machen kann. Die Braunkappen werden 30 Zentimeter tief in der Erde eingegraben und zehren das TNT im Boden auf.

Bravo
Die Jugendzeitschrift Bravo erschien 1956 zum ersten Mal. Die

erste Bravo-Titelseite zierte das Konterfei von Marilyn Monroe.

Bertolt Brecht

Das Geburtshaus von Bertolt Brecht befindet sich in Augsburg, Auf dem Rain 7.

Paul Breitner

Paul Breitner ist der einzige deutsche Fußballnationalspieler, der in zwei Weltmeisterschafts-Endspielen jeweils ein Tor geschossen hat. 1974 gegen die Niederlande und 1982 gegen Italien.

Günter Breitzke

Der ehemalige Profifußballer Günter Breitzke (unter anderem Stammspieler bei Borussia Dortmund in den Neunzigerjahren) lebt heute von der Sozialhilfe.

Briefmarke für Blinde

Die am 06. März 2003 in der Schweiz zum Verkauf freigegebene 70-Rappen-Marke war die erste Briefmarke, die mit einer Blindenschrift versehen wurde und deren Wert ertastet werden konnte.

William Brodie

Der Kunsttischler, Vorstand seiner Zunft und Stadtrat William Brodie war tagsüber ein ehrenhafter Geschäftsmann. Nachts verwandelte er sich in einen maskierten Dieb und Einbrecher. Er nutzte seinen Beruf, um die Sicherheitsvorkehrungen seiner Kunden auszukundschaften, und kopierte die Schlüssel mittels Wachsabdrücken. Als einer der führenden Handwerker der Stadt bekam er Aufträge aus den reichsten Familien der Edinburgher Gesellschaft. Das erbeutete Geld nutzte Brodie, um sein geheimes zweites Leben und seine Spielleidenschaft zu finanzieren. Am Ende wurde er verhaftet und gehenkt. Der Schriftsteller Robert Louis Stevenson war vom Leben Brodies fasziniert und schrieb, angeregt durch Berichte über ihn, seine berühmte Erzählung *Der seltsame Fall des Dr. Jekyll und Mr. Hyde*.

Brückenspinnen

Spinnen findet man meistens an dunklen Plätzen wie Kellerschächten und schattigen Waldgebieten oder in der hintersten Ecke der Garage. Manchmal kann man aber auch schön an die

Spitze einer Straßenlaterne gewebte Spinnennetze entdecken. Die stammen dann meistens von der Brückenspinne. Denn die Brückenspinne handelt nach folgender Logik: Helles Licht zieht Insekten an, und das bedeutet reiche Beute. Ob diese Strategie langfristig funktioniert, ist allerdings mehr als fraglich. Denn den Laternenschein findet nicht nur die Brückenspinne gut, sondern auch einige ihrer Fressfeinde. So sind einige Vogelarten hocherfreut, dass sie jetzt nicht mehr bei völliger Dunkelheit auf Spinnenjagd gehen müssen. Die Brückenspinnen bieten sich durch ihre neue Jagdtaktik wie auf dem Präsentierteller an und wurden somit selbst zur leichten Beute.

Brustwarzen

Alle Embryos haben bis zum Alter von acht Wochen ausschließlich weibliche Anlagen. In dieser Zeit entstehen die Brustdrüsen und die Brustwarzen. Erst danach entwickeln sich männliche und weibliche Ungeborene unterschiedlich. Deshalb haben auch Männer Brustwarzen, obwohl sie später keine Milch produzieren können.

Georg Büchner

Der bedeutende deutsche Schriftsteller Georg Büchner („Woyzeck") wurde nur 23 Jahre alt. Er starb 1837 in Zürich.

Bürgermeister von Carmel

Der amerikanische Schauspieler und Regisseur Clint Eastwood war für einige Jahre der Bürgermeister des kalifornischen Ortes Carmel. Carmel ist der Heimatort von Clint Eastwood.

Buffalo Bill, Teil 1

Der Westernheld Buffalo Bill jagte keine Büffel, sondern Bisons. Büffel gibt es nur in Afrika und Indien.

Buffalo Bill, Teil 2

Buffalo Bill gründete 1872 eine Wild West Show, die 1889 auch in Karlsruhe gastierte. Eine der Hauptattraktionen dieser Show war der weltbekannte Indianerhäuptling Sitting Bull. Eine Teilnahme an der Europatournee lehnte Sitting Bull aber ab.

Michael Buffer

Michael Buffer gilt als der weltweit bekannteste Ansager von

Boxkämpfen. Sein Markenzeichen ist der lautstark vorgetragene Schlachtruf „Let's get ready to rumble", wobei er die Worte in die Länge zieht, um die gewünschte elektrisierende Wirkung auf das Publikum zu erzielen. Der Satz ist urheberrechtlich geschützt und darf deshalb nur von Buffer selbst eingesetzt werden.

Bufonaria borisbeckeri
Bufonaria borisbeckeri ist der wissenschaftliche Name einer Meeresschnecke aus der Familie der Bursidae, die der sportbegeisterte Konchologe Manfred Parth nach dem Tennisspieler Boris Becker benannte.

Bundeskanzlerin
Auf der Internetseite www.bundeskanzlerin.de kann man sich jede Woche neue Videosequenzen mit Angela Merkel zu aktuellen Themen ansehen.

Bundestagswahlrecht
Das Bundestagswahlrecht sieht vor, dass kein Wähler seine Entscheidung im Wahllokal bekannt geben darf.

Burg Frankenstein
Die Burg Frankenstein, Namensgeber für Mary Shelleys unterhaltsames Buch und verschiedene Horrorfilme, liegt wenige Kilometer südlich von Darmstadt.

Anthony Burgess
George Orwell schrieb den Bestseller *1984*. Anthony Burgess schrieb das Buch *1985*.

William S. Burroughs
Der Schriftsteller William S. Burroughs erschoss am 06. September 1951 versehentlich seine Frau, als er im betrunkenen Zustand versuchte, die Apfelszene Wilhelm Tells nachzustellen.

Buschbabys
Die Galagos, oder auch Buschbabys, sind eine Familie aus der Ordnung der Primaten. Sie haben für ihre Größe von nur ca. 50 Zentimetern eine enorme Sprungkraft und können über 12 Meter weit springen.

George W. Bush
Das „W" im Namen des US-Präsidenten George W. Bush ist eine Abkürzung für Walker.

Bushaltestelle

In Remscheid gibt es eine Bushaltestelle, an der noch nie ein Bus gehalten hat. Diese Haltestelle steht im Seniorenheim *Landhaus im Laspert*, wo hauptsächlich Menschen leben, die an Gedächtnisschwund leiden. Oft wollen Senioren mit Gedächtnisschwund wieder zu ihrer Arbeit und zu ihrer Familie zurück. Sie flüchten deshalb aus dem Altenheim und irren ziellos umher, bis sie dann meistens an irgendeiner Bushaltestelle in den Bus einsteigen und davonfahren. Deshalb hat das Seniorenheim eine originalgetreue Bushaltestelle-Attrappe errichtet, wo die Senioren dann friedlich sitzen und auf den Bus warten, der niemals kommt. Wenn die Pfleger sie dann dort abholen, haben sie meistens schon wieder vergessen, wohin sie eigentlich wollten.

Bustrophedon

Die Etrusker verwendeten bisweilen eine Bustrophedon genannte Schreibweise, bei der die Schriftrichtung mit jeder Zeile wechselt. Erst von links nach rechts, dann weiter von rechts nach links. Auf diese Weise verschwendet das Auge keine Zeit damit, nach jeder Zeile zum linken Seitenrand zurückzuwandern.

Beispiel: *Auf diese Weise ver-*
Zeit keine Auge das schwendet
damit, nach jeder Zeile zum lin-
.zurückzuwandern Seitenrand ken

Buttermilch

Die bei der Herstellung von Süßrahmbutter übrig bleibende Milchflüssigkeit wird durch Zugabe von Milchsäurebakterien in Buttermilch umgewandelt.

C

Cajus Julius Caesar

Cajus Julius Caesar (nicht zu verwechseln mit dem römischen Kaiser Gaius Julius Caesar) ist ein deutscher Politiker und war von 1998 bis 2005 Mitglied des Deutschen Bundestages (www.cajus-caesar.de).

Capgras-Syndrom

Unter dem Capgras-Syndrom versteht man die sehr seltene Wahnvorstellung, dass ein naher Verwandter, ein Freund oder eine bekannte Persönlichkeit durch einen Doppelgänger ersetzt wurde. Benannt wurde das Capgras-Syndrom nach dem französischen Psychiater Jean-Marie Joseph Capgras.

Alphonse Capone

Der Gangsterboss Al Capone kam im Sommer 1917 zu seinem Spitznamen *Scarface* (dt.: Narbengesicht), als er in einer Bar mit der Schwester eines Mannes flirtete, der ihm in angetrunkenem Zustand ein Messer über das Gesicht zog.

Gerolamo Cardano

Der italienische Arzt, Mathematiker und Astrologe Gerolamo Cardano genoss zu seiner Zeit ein hohes Ansehen und erstellte sogar Horoskope für die gekrönten Häupter Europas. Er behauptete, dass er seinen eigenen Tod bis auf die Stunde genau vorhersagen könne. Als die von ihm prophezeite Stunde seines Todes gekommen war und Cardano alarmiert feststellte, dass er sich immer noch bester Gesundheit erfreute, wollte er sich nicht des Spottes seiner Mitmenschen aussetzen und brachte sich zu dem vorhergesagten Zeitpunkt lieber um.

Carlos, der Schakal

Carlos, der Schakal galt zu seiner Zeit als einer der gefährlichsten Terroristen der Welt. Im Juni 1975 verhaftete der französische Geheimdienst seinen Kontaktmann Michel Moukharbal und verhörte ihn erfolgreich. Moukharbal führte drei Agenten zu Carlos' Wohnung. Dieser bat das Quartett freundlich herein, entschuldigte sich für einen Moment auf die Toilette und kam mit einer Pistole zurück. Innerhalb von Sekunden schoss er die Männer nieder, nur ein Geheimdienstmann überlebte schwer verletzt. Später stellte sich heraus, dass Michel Moukharbal in Wirklichkeit für den israelischen Geheimdienst gearbeitet hatte und den französischen Agenten eine Möglichkeit geben wollte, den Schakal festzunehmen.

Howard Carpendale

Der Musiker Howard Carpendale war an der Komposition der Pumuckl-Titelmusik beteiligt.

Alexis Carrel

Der französische Nobelpreisträger Alexis Carrel legte am 17. Januar 1912 kleine Stücke eines Hühnerherzens bei 39 Grad in eine Lösung aus Blutplasma und destilliertem Wasser, wo sich die Zellen teilten. Carrel erbrachte damit den Beweis, dass lebendige Zellen auch außerhalb ihres ursprünglichen Lebensumfelds lange Zeit funktionsfähig bleiben, wenn sie nur den richtigen Nährboden erhalten und alle giftigen Substanzen beseitigt werden. Er schuf damit die Grundlage für die Organverpflanzung.

Cashewnüsse

Die Schale der Cashewnüsse enthält ein Kontaktgift, das Hautreizungen und Verbrennungen hervorruft. Wegen dieses Giftes können die Nüsse erst nach einem ausgeklügelten Röstprozess geschält werden und gelangen bei uns nur in verzehrfertigem Zustand auf den Markt.

Cataulacus muticus

In den Regenwäldern Malaysias lebt ein Ameisenstamm namens Cataulacus muticus. Die Ameisen dieser Art leben ausschließlich in hohlen Bambusstämmen. Bambus wächst dort, wo es feucht ist, und die Flüsse im Regenwald überfluten regelmäßig ihre nähere Umgebung. Das hat zur Folge, dass die Behausungen der Ameisen mehrmals im Jahr unter Wasser gesetzt werden. Die Ameisen haben für diesen Umstand eine ungewöhnliche Gegenmaßnahme entwickelt. Sie helfen alle zusammen, trinken so viel Wasser wie möglich, laufen vor die Bambushöhle und pinkeln das Wasser neben ihrer Haustür wieder aus. Das machen sie so lange, bis das traute Heim nach einigen Tagen wieder trockengelegt ist. Allerdings bedeutet das ständige Trinken und Urinieren für die kleinen Tiere einen enormen Kraftaufwand, so dass dabei viele der Ameisen vor Erschöpfung sterben.

Cayennepfeffer

Cayennepfeffer wird nicht aus Pfeffer, sondern aus gemahlenen Chilis hergestellt.

Ceuta

Ceuta und Melilla sind Städte an der Ostküste von Marokko, gehören aber politisch zu Spanien.

Challenger

Am 28. Januar 1986 explodierte die amerikanische Raumfähre Challenger. An Bord befanden sich sechs Astronauten und eine Lehrerin. Es war geplant, dass die Grundschullehrerin Christa McAuliffe als erster Mensch Kinder aus dem Weltraum unterrichten sollte. Die vorgesehenen Unterrichtslektionen waren: „Der ultimative Ausflug" und „Warum wir Amerikaner den Weltraum erforschen".

Chamäleon, Teil 1

Ein Chamäleon, das vollkommen blind ist, kann trotzdem die Farbe seiner Umgebung annehmen. Lange Zeit glaubte man, der Farbwechsel des Chamäleons diene der Tarnung. Tarnung spielt zwar auch eine Rolle, aber in erster Linie dient das Farbenspiel der Kommunikation, um zum Beispiel bestimmte Stimmungen wie Hunger, Angst oder Paarungsbereitschaft auszudrücken.

Chamäleon, Teil 2

Das Chamäleon kann beide Augen unabhängig voneinander bewegen. Das eine Auge sieht nach links, während das andere nach rechts schaut.

David Chapman

Als Mark David Chapman am 08. Dezember 1980 den Musiker John Lennon erschoss, hatte er außer der Tatwaffe noch einen anderen Gegenstand bei sich. Es handelte sich dabei um das Buch *Der Fänger im Roggen* von J. D. Salinger. Gegen 23.00 Uhr lauerte Chapman John Lennon und Yoko Ono vor ihrer Wohnung im New Yorker Dakota House auf. Er streckte John Lennon mit mehreren Schüssen nieder. Als ihn die Polizei festnahm, stand er noch immer am Tatort und las laut aus dem Buch vor.

Charlie Chaplin

Im März 1978 wurde der Leichnam von Charlie Chaplin aus seinem Grab im schweizerischen Corsier-Sur-Vevey gestohlen. Für die Herausgabe verlangten die Täter 600.000 Franken. Der Plan scheiterte, die Grabräuber wurden gefasst und das Grab später zubetoniert.

Che Guevara

Alberto Korda schoss das weltberühmte Foto von Che Guevara, das auf Millionen von Postern und T-Shirts abgedruckt wurde.

Chilischoten

Die Augen tränen, der Mund brennt und man möchte gerne etwas Kühles trinken. Auslöser dieser körpereignen Reaktionen ist das in den Chilischoten enthaltene Capsaicin. Dieses Alkaloid bindet sich auf der menschlichen Zunge an speziellen Rezeptoren und sorgt so für die Schärfeempfindung. Da die Schmerzrezeptoren von Vögeln Capsaicin interessanterweise nicht binden, können Vögel auch die schärfsten Chilischoten fressen, ohne dabei irgendwelche der oben beschriebenen Nebenwirkungen zu verspüren.

China, Teil 1

Die Volksrepublik China ist das bevölkerungsreichste Land der Erde und hat mit seinen 1,3 Milliarden Bürgern mehr Einwohner als Afrika und die Europäische Union zusammen.

China, Teil 2

In Deutschland wird schon kleinen Kindern beigebracht, den Teller leer zu essen. In China wäre es eine Blamage für den Gastgeber, wenn seine Gäste alles aufessen würden. Denn das würde bedeuten, er hätte seine Gastgeberpflichten verletzt und seinen Gästen nicht genügend zu Essen angeboten.

Chinesische Mauer

Der Hauptteil der Chinesischen Mauer ist 3.460 Kilometer lang. Dazu kommen noch 3.530 Kilometer an Verzweigungen und Teilabschnitten.

Chinesische Stachelbeere
Die Kiwifrucht wurde früher chinesische Stachelbeere genannt, da sie ursprünglich aus China stammt. Erst Anfang des 19. Jahrhunderts begannen Farmer in Neuseeland, die wohlschmeckende Frucht zu züchten und als Kiwi weltweit zu verkaufen.

Sabine Christiansen
Die Moderatorin Sabine Christiansen war Stewardess, bevor sie ihre Karriere beim Fernsehen startete.

Winston Churchill
Der britische Staatsmann Sir Winston Churchill erhielt 1953 den Nobelpreis für Literatur.

CIA
Wer Geheimagent bei der CIA werden möchte, sollte auf der Website www.cia.gov auf die aktuellen Stellenausschreibungen achten. Einfach die Abteilung Clandestine Services (Verdeckte Dienste) anklicken und sich bewerben. Das Höchstalter für Bewerber liegt bei 35 Jahren. Man muss einen Lügendetektortest bestehen und sollte mit einer kompletten Durchleuchtung der Biografie und der Lebenszusammenhänge einverstanden sein. Bei Eignung kann man sich auf ein Jahresgehalt zwischen 47.000 und 65.000 US-Dollar freuen. Es gibt nur eine kleine Einschränkung: Der Bewerber und der Ehepartner müssen US-Staatsbürger sein.

Wolfgang Clement
Der Politiker Wolfgang Clement hat fünf Töchter.

Johnnie Cochran
Johnnie Cochran war der Rechtsanwalt, der 1994 den Ex-Footballstar O. J. Simpson verteidigte, als Simpson wegen Mordes an seiner Exfrau Nicole Brown Simpson und ihrem Liebhaber Ronald Goldman angeklagt wurde. Cochran gilt als ausgesprochen ausgekochter Anwalt und erwirkte trotz einer sehr ungünstigen Ausgangslage einen Freispruch für Simpson.

Cola
Das beliebte Erfrischungsgetränk Cola enthält Phosphor-, Zitronen und Kohlensäure und kann deshalb auch gut als Rostlöser benutzt werden.

Colonel Parker

Bevor Colonel Parker Elvis Presley entdeckte und ihn zum Weltstar machte, waren die *Colonel Parker's Dancing Chickens* sein größter Erfolg. Er brachte die mitwirkenden Hühner seiner Show zum Tanzen, indem er sie auf eine heiße Herdplatte stellte.

Coloradokröte

Die Coloradokröte sondert über ihre Haut ein Sekret ab, das Bufotenin enthält, ein natürliches Halluzinogen, dessen Wirkung der des LSD sehr nahe kommt.

Conchologie

Seltene Schneckenhäuser können bei Sammlern sehr hohe Preise erzielen. Um ein solches Schneckenhaus erkennen zu können, muss man entsprechend geschult sein. Die Lehre der Schalenkunde bezeichnet man als Conchologie.

David Copperfield

Der Magier Chung Ling Soo starb 1918 auf der Bühne, als er eine aus einer Waffe abgefeuerte Kugel auffangen wollte. Das Gewehr, mit dem Chung Ling Soo erschossen wurde, befindet sich mittlerweile im Besitz des Magiers David Copperfield. Er bewahrt es in seinem Zaubermuseum auf, einem geheim gehaltenen Lagerhaus in Las Vegas, das nur für Zauberkollegen zugänglich ist.

William Corder

Der Mörder William Corder wurde 1828 in England hingerichtet. Sein Skelett wurde der medizinischen Fakultät einer Universität gespendet. Seine Haut verarbeitete man zum Einband eines Buches. Dieses seltene Exemplar kann heute noch im Moyses Museum St. Edmunds besichtigt werden.

Countdown-Ampel

Am Hamburger Gänsemarkt steht die erste Countdown-Ampel Deutschlands. Diese Ampel zählt die noch verbleibenden Sekunden bis zum Umschalten auf Grün, damit nicht mehr so viele ungeduldige Fußgänger die Straße bei Rot überqueren.

Katie Couric

Die Fernsehjournalistin Katie Couric ist mit einem Jahresgehalt

von 15 Millionen Dollar die bestbezahlte Nachrichtensprecherin der Vereinigten Staaten.

Crashtest

Seit 1993 benutzt die Technische Universität Graz in Österreich menschliche Leichen, um Crash-Tests durchzuführen. Für die Mitarbeiter eines Forschungsprojektes des Instituts für Fahrzeugtechnik an der TU Graz waren die Tests mit herkömmlichen Crashtest-Dummys nicht mehr authentisch genug. Sie griffen für ihre Tests auf so genannte PMH's (Post Mortem Human Objects = menschliche Leichen) zurück. Ziel dieser Testreihe ist die Weiterentwicklung der Hightech-Dummys zur Prävention des Schleudertraumas.

Crashtest-Dummy

Crashtest-Dummies tragen weltweit die gleiche Kleidung, damit die erzielten Testergebnisse vergleichbar sind.

George Crum

1853 arbeitete George Crum als Koch im Hotel Moon Lake Lodge in Saratoga Springs. Als sich ein Gast wiederholt über zu dicke Bratkartoffeln beschwerte, schnitt Crum die letzte Portion in hauchdünne Scheiben und badete sie anschließend in kochendem Öl, bis sie golden und knusprig waren. Der wütende Crum wollte es dem Gast unmöglich machen, sie mit seiner Gabel aufzuspießen. Zur großen Verblüffung des Kochs war der heikle Gast aber hellauf begeistert und die neue Kreation wurde als Saratoga Chips in die Speisekarte aufgenommen. Die Kartoffelchips waren erfunden.

Crystal Meth

Die Droge Methamphetamin, besser bekannt als Crystal Meth oder Ice, ist eine Billigdroge, die extrem zerstörerisch wirkt. Die Zähne des Süchtigen verfaulen, seine Haare fallen aus, innere Organe werden geschädigt und die für Trauer und Freude zuständige Hirnregion stirbt ab.

D

Dachfonds

Dachfonds sind Investmentfonds, die in andere Fonds investieren. Sie waren bis April 1998 in Deutschland verboten. Erst seit dem Inkrafttreten des Dritten Finanzmarktförderungsgesetzes sind sie wieder erlaubt. Der Grund für das Verbot waren schlechte Erfahrungen, die deutsche Anleger in den Sechzigerjahren machten. Damals ging der Amerikaner Bernie Cornfeld mit den Dachfonds seiner Investments Overseas Services (IOS) auf Kundenfang. Die Käufer der Fonds wurden nicht nur über mehrfache Belastung von Verwaltungsgebühren abgezockt, sondern auch durch kaum nachvollziehbare Um- und Querbuchungen zwischen den einzelnen Fonds. Die Gesellschaft brach Ende 1970 völlig zusammen und hinterließ ein Heer von geschädigten Anlegern. Bernie Cornfeld, dem nach dem Skandal nie mehr eine Rückkehr ins Finanzgeschäft gelang, starb am 27. März 1995 verarmt in London.

Dalai-Lama

Der Dalai-Lama antwortete auf die Frage eines Journalisten, ob er denn über heilende Kräfte verfügen würde: „Wenn ich tatsächlich über Heilkräfte verfügen würde, täte mir mein linkes Knie nicht so weh."

Dallas

1980 wurde in der Fernsehserie *Dallas* die Frage von Millionen Fernsehzuschauern beantwortet, wer den Fiesling J. R. Ewing niedergeschossen hatte. Die Täterin war Kristin Shepard, die Schwester von Sue Ellen und JR's Geliebte.

Dalmatiner

Ein neugeborener Dalmatinerwelpe ist schneeweiß. Die Hundebabys kommen ohne die für Dalmatiner typischen schwarzen Flecken zur Welt. Erst nach zehn bis vierzehn Tagen zeigt sich, wie sie gemustert sein werden.

Daltonismus
Wer unter Daltonismus leidet, ist farbenblind.

Darwinfinken
Die auf den Galapagosinseln beheimateten Tölpelvögel haben eine für ihre Geburtenrate ungünstige Eigenart. Die Tölpel akzeptieren ein Ei, das sich um wenige Zentimeter von seiner ursprünglichen Stelle im Nest bewegt hat, nicht mehr als das eigene und beachten es fortan nicht mehr. Die ebenfalls auf den Galapagosinseln lebenden Darwinfinken haben dieses sonderbare Verhalten beobachtet und für sich genutzt. Sie rollen die Eier der Tölpel weg vom Nest, weil sie wissen, nach ein paar Zentimetern droht keine Gefahr mehr. Anschließend werden die Eier über einen Felsvorsprung gerollt und unten das leckere Eigelb verzehrt.

Datsun
Der Automobilhersteller Nissan firmierte früher unter dem Namen Datsun.

Christoph Daum
Als man dem Fußballtrainer Christoph Daum in einem Interview mitteilte, dass viele seiner Trainerkollegen nach einem wichtigen Spiel nicht schlafen können, weil sie noch so aufgewühlt sind, nickte Daum zu seiner Partnerin, die mit am Tisch saß, und sagte: „Wir schieben da ein kleines Nümmerchen und dann entspanne ich mich wunderbar."

Daumen
Die meisten Menschen haben beim Händefalten den rechten Daumen oben.

Daniel Defoe
Der englische Schriftsteller Daniel Defoe, der durch seinen Roman *Robinson Crusoe* weltweit bekannt wurde, war jahrelang als Spion für England tätig.

Deinococcus radiodurans
Die Mikrobe Deinococcus radiodurans ist das einzige Lebewesen der Erde, das eine Atombombenexplosion überleben würde. Diese Mikrobe wird im Guinnessbuch der Rekorde als das widerstandsfähigste Lebewesen der Welt geführt. Sie ist rosa und riecht nach verfaultem

Kohl. Das Bakterium kann eine Strahlendosis von 15.000 Gray überleben. Ein Mensch hält nur maximal 10 Gray aus.

Günter Delzepich

Günter Delzepich spielte in den Achtzigerjahren für Alemannia Aachen in der 2. Fußballbundesliga. Er war mit ca. 100 Kilogramm Körpergewicht ein kerniger Spieler und demonstrierte ab und zu seine gewaltige Schusskraft dadurch, dass er im Training einen Medizinball von der 16-Meter-Linie über das Tor schoss.

Deutsche

Die weibliche Einwohnerin eines anderen Landes endet gerne auf die Endung -in wie beispielsweise die Französin oder die Italienerin. Die hierzulande ansässigen Damen werden aber nicht Deutschin, sondern die Deutsche genannt.

Diamanten

Seit dem Jahre 2001 stellt die Chicagoer Firma Life-Gem aus der Asche von menschlichen Leichen künstliche Diamanten her. In Deutschland ist das rechtlich allerdings nicht möglich, da in der BRD der Bestattungszwang gilt, was bedeutet, dass jeder Verstorbene auf einem öffentlichen Bestattungsplatz beigesetzt werden muss.

Leonardo DiCaprio

Die Mutter des Schauspielers Leonardo DiCaprio ist die Deutsche Irmelin Indenbirken.

Diesel

Taucht man eine brennende Zigarette in Diesel, erlischt sie.

Rudolf Diesel

Am 29. September 1913 ging der deutsche Ingenieur und Erfinder des Dieselmotors Rudolf Diesel in Antwerpen an Bord des Postdampfers Dresden, um in London an einem Treffen der Consolidated Diesel Manufacturing Ltd. teilzunehmen. Er kam aber niemals dort an. Seine Leiche wurde nie gefunden und die genauen Tatumstände konnten nicht geklärt werden. Einige Wochen später übergaben deutsche Fischer den Behörden zwei Ringe, von denen sie behaupteten, sie stammten von einer Wasserleiche. Sie hätten die Leiche aber nicht bergen können, da gerade ein starker Sturm aufgekommen sei. Es stellte sich heraus, dass die Ringe Rudolf Diesel gehörten.

Dieselkraftstoff

Dieselkraftstoff und leichtes Heizöl haben einen ähnlichen Siedeverlauf. Damit niemand auf die Idee kommt, sein Dieselfahrzeug mit steuerbegünstigtem (und dadurch billigerem) Heizöl zu betreiben, wird dem Heizöl ein roter Farbstoff zugesetzt. Dieser ist bei einer Verkehrskontrolle auch in kleinsten Mengen problemlos nachzuweisen.

Digitalkamera

Durch das Display einer Digitalkamera kann man das für das menschliche Auge unsichtbare Infrarotlicht einer Fernbedienung als weißes Licht sichtbar machen, weil Fernbedienungen im Allgemeinen mit Licht der Wellenlänge 950 nm arbeiten. Viele Bildsensoren von Digitalkameras können diesen Bereich erfassen. Wenn man das selbst testen möchte, einfach mit der Fernbedienung auf die Digitalkamera zielen, eine Taste drücken und gleichzeitig auf das Display schauen.

Dikdik

Dikdiks sind afrikanische Zwergantilopen, die nur 30 Zentimeter groß werden und somit nicht viel größer als Hasen sind.

John Dillinger

John Dillinger war der erste Mensch, der vom FBI als *Staatsfeind Nr. 1* bezeichnet wurde. Dillinger und seine Bande waren auf Bankraub spezialisiert. Vor seinem Tod wurde er von der Zimmergenossin seiner Freundin Polly Hamilton verraten und beim Verlassen des Biograph-Kinos in Chicago von FBI-Beamten erschossen.

Joe DiMaggio

Joe DiMaggio, der Baseball-Star und Exmann von Marilyn Monroe ließ nach ihrem frühen Tod im Jahre 1962 in den darauf folgenden zwanzig Jahren dreimal wöchentlich rote Rosen an ihr Grab liefern.

Dimples

Die kleinen Dellen auf einem Golfball nennt man Dimples.

DIN A4
Das Format DIN A4 hat die Maße 210 x 297 mm.

Diphthong
Mit dem Wort Diphthong bezeichnet man Doppelvokale wie ei oder au oder eu.

DNA
DNA oder DNS ist exakt das Gleiche. DNS ist eine Abkürzung für Desoxyribonukleinsäure, die Trägerin der menschlichen Erbinformation. Das englische Wort für Säure lautet acid. Deshalb die Abkürzung DNA.

Dollarzeichen
Das Dollarzeichen erscheint kurioserweise weder auf Dollarscheinen noch auf Dollarmünzen.

Dolorimeter
Ein Dolorimeter ist ein Apparat zur Schmerzmessung. Schmerz wird in Dol gemessen.

Donald Duck, Teil 1
Der zweite Vorname von Donald Duck lautet Fauntleroy. Am 01. Mai 1942 hatte der Trickfilm *Donald get's drafted* Premiere. Er beginnt damit, dass Donald seinen Einberufungsbescheid zur Army erhält. Auf diesem ist deutlich sein ganzer Name zu lesen: Donald Fauntleroy Duck.

Donald Duck, Teil 2
1978 wurden die Donald-Duck-Comics in Finnland für einige Zeit verboten, da sie als jugendgefährdend eingestuft wurden. Als Begründung wurde unter anderem „… Donalds 50 Jahre dauernde Beziehung ohne Heirat zu Daisy Duck … die ungeklärte Vaterschaft seiner Neffen Tick, Trick und Track … und seine Kleidung als Seemann, die seinen Hintern nicht bedeckt …“ genannt.

Dong
Der Dong ist eine vietnamesische Währungseinheit. Ein Dong sind 100 Xu.

Doping
Ein beliebter Trick, um bei Doping-Kontrollen zu betrügen, ist es, für unbedenklichen Urin im Glas des Dopingkontrolleurs zu sorgen. Da der Arzt aber immer

dabei ist, wenn der Sportler uriniert, stellt sich das als gar nicht so einfach dar. Deshalb wird eine raffinierte Täuschung angewendet: Die Harnröhre wird mit Xylocain, einem stark schmerzlindernden Gel, betäubt. Dann wird die Blase mit einem Röhrchen geleert und frischer sauberer Urin einer anderen Person eingespritzt. Dass diese Methode aber trotzdem nicht narrensicher ist, bewies der Radrennfahrer Noel Fore in den Sechzigerjahren, als er sich den scheinbar reinen Urin seiner Frau einverleibte und seine Dopingprobe mit der Bemerkung zurückbekam: „Herzlichen Glückwunsch, Sie sind schwanger.“ Fore hatte vergessen, dass seine Frau bereits im fünften Monat in anderen Umständen war.

Dorf ohne Namen

Das Dorf der beiden Gallier Asterix und Obelix hat keinen Namen. In sämtlichen Asterix-Bänden wird es nur umschrieben, wie zum Beispiel „... das kleine uns wohlbekannte gallische Dorf ...“.

Dorfweber

Der Dorfweber ist ein in Afrika beheimateter Vogel. Dort lebt auch der Goldkuckuck, der seine Eier gerne in fremde Nester legt, um sich vor der Verantwortung des Elterndaseins zu drücken. Bevorzugt wählt er die Nester der Dorfweber aus, da sich die Eier der beiden Vogelarten sehr ähnlich sehen. Doch jetzt hat der Dorfweber eine Gegenstrategie entwickelt. Das Dorfweberweibchen markiert ihre Eier mit unterschiedlichen Mustern aus Farben und Flecken. So kann sie die Eier des Goldkuckucks von ihren eigenen unterscheiden und die Kuckuckseier aus dem Nest werfen.

Fjodor Michailowitsch Dostojewski

Als der bedeutende russische Schriftsteller Dostojewski 1881 starb, nahmen rund 60.000 Menschen an seinem Begräbnis teil.

Dschingis Khan

Die Truppen von Dschingis Khan waren in Zehnerschaften geordnet und die Männer kontrollierten sich gegenseitig, denn falls einer der Krieger vor dem Feind floh, mussten auch die anderen neun sterben.

Duden

Konrad Duden schrieb über 30 Jahre an seinem Wörterbuch, das im Jahre 1880 zum ersten Mal unter dem Titel *Vollständiges orthographisches Wörterbuch der deutschen Sprache* veröffentlicht wurde.

Gaetan Dugas

Im Mai 1980 ging der kanadische Flugbegleiter Gaetan Dugas mit einer Reihe von Symptomen, die von starken Schmerzen, über Schweißausbrüchen bis hin zu auffälligen braunen Flecken auf der Haut reichten, zum Arzt. Die Mediziner standen vor einem Rätsel. Sie konnten die Symptome keinem bekannten Leiden zuordnen. Dugas, der 1984 starb, wird später als Patient Null in die Geschichte eingehen. Er steht am Anfang einer Epidemie, die im Herbst 1982 ihren Namen erhält: Acquired Immune Deficiency Syndrome, kurz AIDS. Als Ursache wurde später eine Infektion mit dem HI-Virus gefunden. Heute ist man sich jedoch so gut wie sicher, dass Dugas nicht der Patient Null gewesen sein kann, da das Virus schon viel früher bei anderen Personen (z. B. in Afrika und Haiti) nachgewiesen wurde.

Dummkopf

„Man hat seinen Geist nie so nötig, wie wenn man mit einem Dummkopf zu tun hat.“ (chinesische Weisheit)

Dunkelgrün

Schultafeln sind fast immer dunkelgrün, da Optiker herausgefunden haben, dass Dunkelgrün am besten für langes Betrachten geeignet ist. Somit ist diese Farbe für ermüdungsfreies Lernen am zweckdienlichsten.

Durst

Für das körperliche Befinden des Nicht-mehr-durstig-Seins hat sich in der deutschen Sprache noch kein Wort durchgesetzt. Die Redaktion des Duden versuchte 1999 erfolglos, das Wörtchen *sitt* für den durstlosen Zustand einzuführen.

D-Zug

Das D in dem Wort D-Zug bedeutet Durchgang.

E

E

Das „E, e“ ist der Buchstabe, der in der deutschen Sprache am häufigsten vorkommt. Die Tatsache, wie oft ein Buchstabe in einer Sprache vorkommt, ist vor allem bei der Entschlüsselung von Codes von großer Bedeutung.

Duncan Edwards

Duncan Edwards von Manchester United galt als eines der größten Fußballtalente aller Zeiten. Am 06. Februar 1958 war Manchester United auf dem Rückflug vom Europapokalspiel bei Roter Stern Belgrad. Beim Zwischenstopp in München-Riem verunglückte die Maschine und sieben Spieler von Manchester starben. Duncan Edwards zunächst nicht. Er wurde schwer verletzt in das Klinikum rechts der Isar gebracht, wo er ins Koma fiel und am 21. Februar mit nur 21 Jahren verstarb. Sein Trainer Sir Matthew Busby meinte, einen Spieler wie Duncan Edwards wird es nie mehr geben.

Eibe

Die Eibe ist der einzige in Deutschland heimische Nadelbaum, der keine Zapfen trägt.

Eichelhäher, Teil 1

Der Eichelhäher vergräbt etwa vierzigtausend Eicheln pro Jahr. Da er sich aber, ähnlich wie die Eichhörnchen, nur noch an einen Teil der Verstecke erinnern kann, ist er für eine Fülle versehentlich gepflanzter Eichenbäumchen verantwortlich.

Eichelhäher, Teil 2

Eichelhäher, die in städtischen Gebieten leben, können Handyklingeltöne täuschend echt nachzwitschern.

Eichhörnchen

Ein junges Eichhörnchen nennt man in Litauen Wowereit. Der Regierende Bürgermeister von Berlin heißt Klaus Wowereit.

Eier

Auf allen Eiern, die in den

Handel kommen, ist eine Buchstaben- und Zahlenkombination aufgedruckt. Die erste Zahl gibt Auskunft darüber, wie die Hühner, die die Eier gelegt haben, gehalten wurden: 0 = Biohaltung, 1 = Freilandhaltung, 2 = Bodenhaltung, 3 = Käfighaltung.

Eieruhr

Die Eieruhren wurden ursprünglich so bezeichnet, da sie mit fein geriebenen Eierschalen anstatt mit Sandkörnern gefüllt waren. Heutzutage versteht man darunter eine Uhr, mit der man die Garzeit von Eiern messen kann.

Einachsiger Dreiseitenkipper

Eine Schubkarre wird im Amtsdeutsch als einachsiger Dreiseitenkipper bezeichnet.

Eintagsfliege

Die Eintagsfliege hat keinen Mund.

Eisbär

Eisbären haben unter ihrem weißen Pelz eine stark pigmentierte schwarze Haut. Die hohlen, fast durchsichtigen Pelzhaare leiten die Sonnenwärme auf die dunkle Haut, die viel mehr Sonnenwärme aufnehmen kann als eine helle Haut.

Eiszapfen

Schnee besteht aus gefrorenem Wasser. Eiszapfen bestehen auch aus gefrorenem Wasser. Trotzdem sieht Schnee für das menschliche Auge weiß aus und Eiszapfen aber eher durchsichtig. In den Schneeflocken sind kleine Luftbläschen eingeschlossen, die alle Farben des Lichts reflektieren. Der Schnee erscheint uns weiß. Eiszapfen wachsen langsam, indem Wassertropfen nach und nach den Zapfen hinunterlaufen und festfrieren. Dabei wird keine Luft eingeschlossen, der Eiszapfen bleibt glasklar.

Ekranoplan

Das Ekranoplan war eines der bestgehüteten Geheimnisse der ehemaligen Sowjetunion. Amerikanische Spionageflugzeuge sichteten Anfang der Achtzigerjahre ein unbekanntes Flugobjekt. Eine Mischung aus Schiff und Flugzeug raste mit unglaublicher Geschwindigkeit und unsichtbar für jedes Radar im Tiefflug über das Kaspische Meer.

Die Militärs konnten kaum glauben, was sie da sahen. Diese Geheimwaffe der sowjetischen Marine war das wohl spektakulärste Bodeneffektfahrzeug der Geschichte. So groß wie ein Jumbojet erreichte es eine Geschwindigkeit von 500 Kilometern pro Stunde in nur sechs Meter Höhe über der Wasseroberfläche. Atomare Marschflugkörper und Antischiffsraketen machten den Ekranoplan A-90 zur tödlichen Waffe. Mit dem Zerfall der Sowjetunion wurde sein Bau allerdings gestoppt.

Elefant

Man kann einen asiatischen Elefanten von einem afrikanischen Elefanten relativ einfach unterscheiden, da der asiatische Elefant viel kleinere Ohren als sein afrikanischer Artgenosse hat. Elefanten besitzen keine Schweißdrüsen. Deshalb wedeln sie ständig mit ihren Ohren, um sich abzukühlen und durch die gut durchbluteten Ohren Wärme abzuführen. Da es in Afrika deutlich heißer werden kann als in Indien, sind die Ohren der afrikanischen Elefanten größer.

Elfenbeauftragte

In Island gibt es eine Elfenbeauftragte. Sie heißt Erla Stefansdottir und arbeitet für das Bauamt in Reykjavik. Sie ist aber nicht nur für Elfen, sondern auch für Trolle, Gnome und andere für den Menschen unsichtbare Wesen zuständig. Erla Stefansdottir hat eine Landkarte der verborgenen Welt erstellt und wird bei größeren Bauvorhaben um ihre Meinung gefragt.

Elvis-Briefmarken

Als 1993 in den USA eine neue Elvis-Presley-Briefmarke herausgegeben wurde, verschickten viele Elvis-Fans Briefe, die mit dieser Marke frankiert waren, an Fantasieadressen. In den USA werden Briefe, die nicht zugestellt werden können, mit dem Poststempel *Return to Sender* zurückgeschickt. Return to Sender war gleichzeitig auch einer der bekanntesten Hits von Elvis und die Fans hatten dadurch ein ganz besonderes Souvenir.

Eminem

Der amerikanische Musiker Eminem hat zahlreiche Tätowierungen, darunter eine am

Handgelenk mit dem Schriftzug *Slit Here* (hier aufschlitzen).

Emotionsarbeit

Unter Emotionsarbeit versteht man das meist erzwungene Vorspielen von Gefühlen, die man nicht wirklich hat. Bei einem Kunden höflich bleiben zu müssen, der einem auf die Nerven fällt. Nett zu sein, obwohl einem nicht danach ist, oder gelassen zu bleiben, obwohl man im Gespräch provoziert wird. Dieses Verhalten kann krank machen und trifft vor allem Menschen, die in Dienstleistungsberufen tätig sind.

Endemische Lebensformen

Endemische Lebensformen sind Lebewesen, die weltweit nur an einer einzigen Stelle vorkommen. Die Darwinfinken sind auf den Galapagosinseln endemisch, da man sie sonst nirgendwo anders findet.

Hartmut Engler

Hartmut Engler, der Sänger von PUR, wollte ursprünglich Deutschlehrer werden.

Enigma

Der polnische Mathematiker und Codeknacker Marian Rejewski dechiffrierte die Enigma, eine Codiermaschine, die die deutsche Wehrmacht während des Zweiten Weltkrieges einsetzte und die bis dahin als unknackbar galt.

Entführungsschutz

Immer mehr reiche Elternpaare in den USA veranlassen, dass ihren Kindern als Schutz gegen Entführungen ein winziger Chip unter die Haut gepflanzt wird. Mithilfe des Chips kann die Polizei sofort ermitteln, wo sich die entführte Person befindet. Der Chip kann auch so programmiert werden, dass er Alarm auslöst, sobald das Kind ein vorher definiertes Gebiet verlässt.

Entscheidungen

„Es ist unmöglich, sich nicht zu entscheiden."
(Jean-Paul Sartre)

Entspannung

„Es ist Zeit, sich zu entspannen, wenn man keine Zeit dafür hat."
(Sydney J. Harris)

Erdbeerernte

Die gesamte Erdbeerernte der Welt würde nicht einmal ausreichen, um 5 Prozent des nordamerikanischen Bedarfs für Erdbeerprodukte zu decken. Das Aroma der meisten nach Erdbeere schmeckenden Produkte wird deshalb künstlich hergestellt.

Erde

Wenn man die Erde und die Sonne in einem Modell maßstabgetreu darstellen möchte und man würde die Erde mit einem Durchmesser von 2 Zentimetern modellieren, dann müsste die Sonne einen Durchmesser von 2,3 Metern haben.

Erdhörnchen

Die kalifornischen Erdhörnchen der Art Spermophilus beecheyi haben keinerlei Respekt vor Klapperschlangen. Im Gegenteil, sie verspotten die gefährlichen Reptilien mit Scheinangriffen und streuen ihnen Sand in die Augen.

Erdmöbel

Erdmöbel war in der DDR der gebräuchliche Begriff für einen Sarg.

Erdnuss

Die Erdnuss ist botanisch gesehen keine Nuss, sondern eine Hülsenfrucht.

Erfolg

„Erfolg verändert den Menschen nicht, er entlarvt ihn."
(Max Frisch)

Ludwig Erhard

Der CDU-Bundesvorsitzende, CDU-Bundestagsabgeordnete, Wirtschaftsminister und Bundeskanzler der Bundesrepublik Deutschland Ludwig Erhard war selbst kein Mitglied in der CDU.

Erlenbach

Auf dem Dach des Kreiskrankenhauses in Erlenbach steht ein ausrangierter Audi 80. Dieses Fahrzeug ist Teil des Therapiegartens und die Schlaganfallpatienten üben mit ihm das Aus- und Einsteigen in ein Fahrzeug.

Erythrozyten

Erythrozyten sind rote Blutkörperchen.

Andres Escobar

Der kolumbianische Abwehrspieler Andres Escobar erzielte am 22. Juni 1994 ein Eigentor, durch das die Nationalmannschaft Kolumbiens vorzeitig bei der Fußball-Weltmeisterschaft in den USA ausschied. Wenige Tage später, am 02. Juli 1994, wurde er vor einer Bar in Medellin mit 12 Schüssen ermordet. Es wird vermutet, dass der Killer im Auftrag der Wettspielmafia handelte.

Espresso

Ein Espresso nach dem Essen ist gut für die Verdauung, da der Espresso die Gallentätigkeit anregt.

Ess-Weltmeister

Der Ess-Weltmeister Takeru Kobayashi kann 69 Hamburger in acht Minuten essen.

EU-Flagge

Die EU-Flagge hat zwölf Sterne, obwohl die EU deutlich mehr als zwölf Mitgliedstaaten hat.

Eukalyptus

Eukalyptusblätter enthalten tödliche Giftstoffe als Schutz vor Fressfeinden. Koalabären, die sich sehr gerne von Eukalyptusblättern ernähren, können das Gift neutralisieren. Das Ganze hat aber einen Haken. Die Koalas können nur bestimmte Mengen des Giftes im Magen unschädlich machen. Sie bevorzugen deshalb ältere und trockene Blätter, in denen die Giftstoffe nicht mehr so konzentriert vorliegen. Junge Koalabären wissen das noch nicht so genau und werden deshalb von ihren Eltern im wahrsten Sinne des Wortes übers Knie gelegt, wenn sie sich die schmackhafteren frischen Triebe einverleiben wollen.

Euro, Teil 1

Der Euro hat die D-Mark als Zahlungsmittel in Deutschland abgelöst. Auf jedem Euroschein befindet sich eine Seriennummer mit einem Buchstaben davor. Dieser Buchstabe ist der Ländercode des Herstellungslandes. Das X ist der Ländercode für Deutschland. U bedeutet, der Schein wurde in Frankreich gedruckt. N = Österreich, S = Italien, V = Spanien, L = Finnland, M = Portugal, P = Niederlande, R = Luxemburg, T = Irland, Y = Griechenland und Z = Belgien.

Euro, Teil 2
Das kleine „LL“, das man auf jeder Euromünze finden kann, ist die Abkürzung für Luc Lyncx, den belgischen Künstler, der das Design der Euromünzen entworfen hat.

Extrawurst
Die Extrawurst wird aus Rind- und Schweinefleisch unter Beigabe von Speck und Gewürzen hergestellt und gehört zum Grundsortiment jeder österreichischen Metzgerei.

Exxon
Den Mineralölkonzern Exxon kennt man in Deutschland als ESSO.

F

Fachhochschule Dortmund

Die Designprofessorin Nora Fuchs der Fachhochschule Dortmund kaufte im April 2006 ein Schaf und zwei Lämmer für ihre Studenten, um deren soziale Verantwortlichkeit zu stärken, die sich nun täglich um Futter und Wasser für die Tiere kümmern müssen. Da die Verwaltung der FH Dortmund nicht wusste, wo sie diese neuen Buchungsposten unterbringen sollte, läuft das Schaf Frau Wolle und ihre beiden Jungen unter dem Kostenpunkt „Rasenmäher".

Fahrenheit

Um die Temperatureinheit Celsius in die Temperatureinheit Fahrenheit umzurechnen, muss man die Celsius-Temperatur mit 1,8 multiplizieren und dann 32 hinzuaddieren. 25 Grad Celsius x 1,8 + 32 = 77 Grad Fahrenheit.

Fahrrad

Die meisten Menschen steigen von links auf ein Fahrrad auf.

Giovanni Falcone

Der Richter Giovanni Falcone war Italiens erfolgreichster Kämpfer gegen das organisierte Verbrechen. Er brachte zahlreiche Mitglieder der Mafia hinter Gitter. 1983 verhörte er Tommaso Buscetta, einen Mafiaboss aus Palermo. Buscetta brach in jenem Verhör das oberste Gebot der Mafia, das Gesetz des Schweigens, und gab Falcone geheime Details aus dem Innenleben des Syndikats preis. Buscetta warnte den Untersuchungsrichter, dass ihn dieses Wissen berühmt machen würde, doch er werde es später teuer bezahlen müssen. Fast zehn Jahre danach ging diese Prophezeiung in Erfüllung, als Giovanni Falcone mit seiner Ehefrau und drei Leibwächtern durch einen Bombenanschlag getötet wurde.

Falsches Kotelett

Einen panierten Schweinebauch nennt man falsches Kotelett.

Ferrule

Der Metallring an einem Bleistift,

der den Radiergummi umschließt, heißt Ferrule.

Feuer

Warmes Wasser löscht besser als kaltes Wasser. Feuer wird gelöscht, indem sich Wasserdampf um das brennende Material legt und die Sauerstoffzufuhr abschneidet. Da warmes Wasser näher am Verdampfungspunkt liegt, löscht es schneller.

Ferkelschwimmweste

Bei der Geburt eines Ferkels kann es vorkommen, dass es einen zu niedrigen Blutdruck hat und deshalb ohne fremde Hilfe nicht lange überleben würde. Der Schweinezüchter will das Ferkel retten. Er zieht dem Ferkel eine Schwimmweste an, damit es nicht ertrinkt, und legt es in ein Becken mit warmem Wasser. Dann wartet er, bis sich der Kreislauf wieder stabilisiert hat.

Klaus Fichtel

Der Fußballprofi Klaus „Tanne“ Fichtel spielte mit über 43 Jahren noch aktiv in der ersten Fußballbundesliga. Er bestritt am 21. Mai 1988 sein letztes Bundesligaspiel für den FC Schalke 04. Die Fans sangen damals zum Abschied: „Der Wald stirbt, die Tanne steht!“

Fickfacker

Ein Fickfacker ist laut Duden ein unzuverlässiger Mensch.

Fieber

Die meisten Menschen sterben, wenn ihr Fieber eine Temperatur von 42,6 Grad Celsius erreicht hat.

Filberton

Filberton ist ein chemischer Aromazusatz, der geschmacksneutrale Substanzen nach Haselnuss schmecken lässt. 5 Milligramm Filberton genügen, um eine Million Liter Wasser zu aromatisieren.

Fingerabdrücke auf Patronenhülsen

Bislang war es für Kriminologen und Ermittler schwer, Fingerabdrücke auf einer Patronenhülse zu finden, weil die Hülsen beim Schuss so heiß werden, dass Fett- und Schweißspuren einfach verdampfen. Wissenschaftlern der Universität von Wales in Swansea

(Professor Neil McMurray und sein Team) ist es nun gelungen, mithilfe eines elektromagnetischen Feldes Spuren auf Metall selbst dann noch nachzuweisen, wenn es auf über 600 Grad erhitzt wurde.

Fingerabdrücke von eineiigen Zwillingen

Eineiige Zwillinge haben keine identischen Fingerabdrücke.

Fingernägel

Die Fingernägel eines Linkshänders sind an der linken Hand länger, da die Fingernägel an der dominanten Hand schneller wachsen. Die Fingernägel von Rechtshändern wachsen an der rechten Hand schneller.

Firmenleitung

„Man sollte nur in Firmen investieren, die auch ein absoluter Vollidiot leiten kann, denn eines Tages wird genau das passieren!" (Warren Buffett)

August Fischer

Im Jahr 1905 kaufte der Apotheker August Fischer die kleine chemische Fabrik Ludwig Hoerth (gegründet 1884) in Bühl bei Baden-Baden. Er führte zunächst die Produktion von Tinten, Stempelkissen, Farben und Klebstoffen weiter. Zu diesem Zeitpunkt ahnte er noch nicht, dass die gleiche Firma eines Tages eine Erfindung machen würde, die sie zu einem der weltweit bekanntesten Hersteller von Klebstoffen machen würde: *UHU der Alleskleber*.

Flamingos

Flamingos, die in Zoos gehalten werden, werden manchmal weiß. Um schön rosa zu bleiben, benötigen Flamingos karotinhaltige Nahrung. In der freien Natur fressen sie sehr gerne Algen und Krebse, die genügend Carotinoide enthalten. Flamingos in Gefangenschaft, die nicht entsprechend gefüttert werden, werden langsam weiß. Der Farbstoff, der für die rosa Farbe sorgt, heißt Canthaxanthin.

Fleckenskunk

Wenn sich ein Fleckenskunk bedroht fühlt, richtet er seinen Schwanz steil auf und macht einen Handstand. Dieses Verhalten ist im Reich der Säugetiere einzigartig. Wenn der Feind dann immer noch nicht abhaut, wird er mit einer übel riechenden Flüssigkeit bespritzt.

Jürgen Fliege

Der Fernsehpfarrer Jürgen Fliege blieb auf seinem Weg zum Schulabschluss dreimal sitzen.

Flipper

Jürgen Klinsmann bekam während seiner aktiven Zeit beim FC Bayern München den zweifelhaften Spitznamen „Flipper“ verpasst, weil ihm bei der Ballannahme die Bälle ab und zu völlig unkontrolliert wegsprangen.

Flockenblume

Die Flockenblume gibt über ihre Wurzeln das hochwirksame Gift Catechin in den Erdboden ab, um andere Pflanzen als lästige Konkurrenten um Nährstoffe und Lebensraum auszuschalten. In Europa haben die anderen Pflanzen mittlerweile Abwehrstoffe gegen das Gift entwickelt. In Amerika, wo die Flockenblume vor 100 Jahren unabsichtlich eingeschleppt wurde, allerdings noch nicht.

Fluorid

Fluorid in einer Dosierung von ca. 1 Milligramm pro Tag wird als wirksames Mittel zur Kariesprophylaxe (Fluoridierung) angesehen. Eine Aufnahme von 5 Milligramm Fluorid pro Kilogramm Körpergewicht wirkt dagegen tödlich. So kann eine Person von 70 kg, die über 350 Milligramm Fluorid zu sich nimmt, daran sterben.

Errol Flynn

Der Schauspieler Errol Flynn war Australier.

Fön

Der Begriff Fön ist eine eingetragene Wort-/Bildmarke der Firma AEG. Alle Föne, die von anderen Firmen hergestellt werden, dürfen nur als Haartrockner verkauft werden.

George Foreman

Der ehemalige Weltklasse-Boxer George Foreman nannte alle seine Söhne George.

Fossa

Fossas leben im dichten Unterholz der Regenwälder Madagaskars und sind die größten Raubtiere der Insel. Ihr Aussehen entspricht einer drolligen Mischung aus Jagdhund, Katze und Marder. Sie sind gewandte und waghalsige Jäger und können mit ihren kräftigen Beinen sogar von Baum zu Baum zu springen.

Fräulein Unbekannt

Am 06. Juli 1944 gaben der Zirkus Barnum & Bailey und die Ringling Brothers in Hartford (Connecticut) eine Vorstellung vor über 7.000 Besuchern. Während der Show brach ein Feuer aus, bei dem 168 Personen starben und 487 zum Teil schwer verletzt wurden. Unter den Toten war ein ca. 6 Jahre altes Mädchen, das nicht identifiziert werden konnte. Da ihr Gesicht unverletzt war, wurde ein Foto von ihr angefertigt und zunächst in Hartford, später in den ganzen USA verteilt. Tage, Wochen und Monate vergingen, aber im ganzen Land fand sich kein Verwandter, kein Spielkamerad oder Schulfreund, der sie identifizieren konnte. Ihre Herkunft und ihr Name blieben bis heute ein ungelöstes Geheimnis.

Fragen

Rolf Dobelli stellt in seinem Buch „*Wer bin ich?*“ unter anderem folgende indiskrete Fragen: Glauben Sie, Gott durch Ihre Gebete manipulieren zu können? Würden Sie Ihren Nachkommen Ihr Leben wünschen? Welchen Anteil des heutigen Tages möchten Sie nochmals erleben? Welche Ziele, Ihr Leben betreffend, behalten Sie für sich – und warum? Stimmt es Sie nachdenklich, dass Sie das meiste von dem, was Sie heute denken, schon gestern gedacht haben? Würde ein Unbekannter aus der Beobachtung Ihres Handelns schließen können, was Ihnen wichtig ist?

Herbert Frahm

Der frühere Bundeskanzler der Bundesrepublik Deutschland Willy Brandt hieß mit bürgerlichem Namen Herbert Ernst Karl Frahm. Er legte sich den Decknamen Willy Brandt kurz nach der Machtübernahme der Nazis zu und ließ ihn sich nach Kriegsende als offiziellen Namen vom Polizeipräsidium Berlin anerkennen.

Frauenversteher

„Manche Männer bemühen sich lebenslang, das Wesen einer

Frau zu verstehen. Andere befassen sich mit weniger schwierigen Dingen, zum Beispiel der Relativitätstheorie."
(Albert Einstein)

Fred

In Norwegen bedeutet das Wort Fred Frieden.

Fregattvogel

Der Fregattvogel lebt unter anderem auf den Galapagosinseln, den Seychellen oder an der Küste von Französisch-Guayana. Er hat verschiedene Methoden, um an Nahrung zu kommen. Eine davon ist verhältnismäßig fies … Der Fregattvogel beraubt dazu andere Vögel. Wenn ein Blaufußtölpel mit einem Kropf voller Fische zu seinen Jungen zurückfliegen will, kann es ihm passieren, dass ihn der Fregattvogel während des Fluges am Schwanz packt und ihn eine Weile kopfüber hängen lässt. Das macht er so lange, bis der Blaufußtölpel die Fische ausspuckt. Erst dann lässt ihn der Fregattvogel wieder los, stürzt sich in die Tiefe und schnappt sich die Beute, bevor sie ins Wasser fällt.

Freier Fall

Die höchste Geschwindigkeit, die man in freien Fall erreichen kann, sind 195 Stundenkilometer.

Freiheitsstatue von New York

Die Freiheitsstatue von New York steht, wenn man es genau nimmt, nicht in New York, sondern auf Liberty Island, das politisch zum Bundesstaat New Jersey gehört.

Freistaat Bayern

Der Freistaat Bayern besitzt das Copyright für das Buch *Mein Kampf* von Adolf Hitler. Da Hitler bis zu seinem Tod mit dem Wohnsitz am Prinzregentenplatz 16 in München gemeldet war, wurde sein Vermögen nach Kriegsende dem Freistaat Bayern übertragen. Zu diesen Vermögenswerten zählen auch die Nutzungsrechte an dem Buch. Die Rechte laufen gemäß Urheberrecht am 31. Dezember 2015 aus.

Freitag, der 13.

Jeder Monat, bei dem der erste Tag auf einen Sonntag fällt, hat auf jeden Fall einen Freitag, der 13.

Harry Froboess

Der deutsche Stuntman Harry Froboess sprang 1936 von einem Zeppelin aus 110 Meter Höhe in den Bodensee. Dieser Sprung ist bis heute unübertroffen.

Frosch

Frösche trinken nicht, sondern nehmen die benötigte Flüssigkeit über die Haut auf.

Fucking

Das Ortsschild einer kleinen Gemeinde in Österreich wird erwiesenermaßen besonders oft gestohlen. Es handelt sich dabei um das Ortsschild der Gemeinde Fucking. Fucking ist ein kleiner Ort in Oberösterreich im Bezirk Braunau am Inn. Das Medieninteresse steigerte den Bekanntheitsgrad des Ortes so weit, dass amerikanische Touristen mit Bussen zu der Ortschaft reisen, um sich gemeinsam mit dem Ortsschild fotografieren zu lassen.

Gregorio Fuentes

Der kubanische Fischer Gregorio Fuentes war das Vorbild für die Hauptfigur des Buches *Der alte Mann und das Meer* von Ernest Hemingway.

Fundsachen

In den Hotels der britischen Kette Travelodge wurden 2006 einige bemerkenswerte Gegenstände vergessen. Darunter waren Geheimdienstakten, ein Porscheschlüssel, ein hohles Buch mit 250 britischen Pfund gefüllt, ein Rennrad im Wert von 19.000 € und eine zwei Meter lange Schlangenhaut.

Fuß

Der Fuß eines Menschen ist genauso lang wie sein Unterarm.

Fußballtor

Ein Fußballtor muss genau 2,44 Meter hoch sein, weil dieses Maß in England festgelegt wurde. 2,44 Meter sind exakt 8 Fuß.

G

Wenn ein Mensch ein Stück Gallium länger in der Hand hält, reicht die Körpertemperatur von 37 Grad Celsius aus, um das Material zum Schmelzen zu bringen.

Gänseblümchen

Wer weiß, dass Gänseblümchen in der Regel eine ungerade Zahl von Blütenblättern haben, kann das beliebte Kinderspiel *Sie liebt mich, sie liebt mich nicht* entsprechend leicht manipulieren.

Don Justo Gallego

Die Kathedrale von Mejorada del Campo (ein kleines Dorf in der Nähe von Madrid) wird in die Geschichte eingehen, denn diese Kathedrale wurde von einem einzigen Mann erbaut. Der Spanier Don Justo Gallego Martinez ist über 70 Jahre alt und baut seit mehr als vierzig Jahren Tag und Nacht an seiner Kathedrale. Sie ist 35 Meter hoch, 50 Meter lang und kann in Mejorada del Campo besichtigt werden.

Gallium

Das seltene Metall Gallium schmilzt bei 29,76 Grad Celsius.

Gallonen

Die Zapfsäulen an den Tankstellen in den USA zeigen keine Liter an, sondern Gallonen.

Randy Gardner

Der Amerikaner Randy Gardner blieb 1965 zweihundertvierundsechzig Stunden (= 11 Tage) und zwölf Minuten ohne Unterbrechung wach.

Paul Gascoigne

Der englische Fußballnationalspieler Paul Gascoigne war während seiner aktiven Zeit für seine teilweise geschmacklosen Scherze berühmt und berüchtigt. Als Beispiel schenkte er seinem farbigen Mitspieler Tony Cunningham ein Abonnement für den Besuch eines Sonnenstudios.

Bill Gates

Bill Gates ersteigerte am 11. November 1984 den Codex

Hammer, eines der wenigen heute noch erhaltenen Notizbücher von Leonardo da Vinci, für einen Preis von über dreißig Millionen Dollar.

Gebärdensprache

Wenn ein Gehörloser die Worte „Angela Merkel" in Gebärdensprache ausdrücken will, deutet er herunterhängende Mundwinkel an.

Gecko

Die Haftkraft an den Füßen von Geckos ist außerordentlich. Ein ausgewachsener Gecko von bis zu 40 Zentimetern Länge und einem Gewicht von über 100 Gramm ist in der Lage, mit nur noch einem einzigen Zeh an der Wand zu hängen, ohne abzurutschen. Biologen und Physiker haben Messungen der Haftung von einzelnen Kontaktelementen des Fußes gemacht und eine Kraft pro Fuß errechnet, die 100 Newton entspricht. Auf den Menschen übertragen müsste ein Freikletterer mit einer Hand an einer Felswand hängend ungefähr fünf Mittelklassefahrzeuge halten können.

Gefährlicher Handschuh

1965 verlor der Gemini-4-Astronaut Edward H. White bei einem Weltraumspaziergang einen Handschuh. Dieser Handschuh rast seither mit über 28.000 km/h um die Erde und wurde vom Onlinedienst Space.com zum gefährlichsten Kleidungsstück der Geschichte erklärt.

Gehör finden

Wenn man in einer sehr lauten Umgebung gehört werden will, gibt es zwei Lösungswege. Der eine ist, deutlich lauter zu sprechen. Der andere Weg ist, höher zu sprechen. Dadurch kann man sich von der Geräuschkulisse abheben.

Geier, Teil 1

Geier sind Aasfresser und stecken ihre Köpfe tief in verwesende Tiere. Dabei könnten sich die Federn mit Blut und Fleisch verkleben, was zu Entzündungen führen würde. Deshalb ist der Kopf der Geier fast immer kahlköpfig.

Geier, Teil 2

Geier verschlingen bei einer Mahlzeit bis zu einem Viertel

ihres Körpergewichts. Manchmal sind sie dadurch so träge, dass sie kaum noch hochkommen und fast nicht mehr wegfliegen können.

Gelber Kreis

Wenn man eine blau-weiß-schwarze Scheibe schnell dreht, sieht man einen gelben Kreis.

Geldmenge M3

Am 23. März 2006 beschloss die US-Zentralbank (FED) die Geldmenge M3 nicht mehr zu veröffentlichen. Die Geldmenge M3 ist der wichtigste zuverlässige Indikator für die weltweit umlaufende Menge an Dollars. Das heißt, seit dem 23. März 2006 weiß so gut wie niemand mehr, wie viele Dollars international tatsächlich im Umlauf sind. Diese Entscheidung wurde von der internationalen Finanzwelt scharf kritisiert, da sie anscheinend nur darauf abzielt, die schleichende Entwertung des Dollars vor der Öffentlichkeit zu verschleiern.

Gelotologie

Gelotologie ist die Wissenschaft von den Auswirkungen des Lachens.

Gemeiner Strauchdieb

Der Gemeine Strauchdieb ist eine Fliege. Sie gehört zur Familie der Raubfliegen und ist in weiten Teilen Mitteleuropas verbreitet.

General Sherman

General Sherman ist ein Riesen-Mammutbaum, der im Sequoia-Nationalpark in Kalifornien steht. Er ist stattliche 89 Meter hoch und weist in 1,50 Meter Höhe bereits den eindrucksvollen Umfang von 24 Metern auf.

George

George Sand, George Eliot und George Orwell gehören alle zu der Kategorie der bedeutenden Buchautoren. Aber nur George Orwell ist ein Mann, die anderen beiden sind trotz ihrer Vornamen Frauen.

Geotropismus

Die Banane ist krumm, weil sie im Blütenstand zuerst nach unten wächst. Bei zunehmender Größe kommt sie ans Sonnenlicht und wächst ihm entgegen. Dadurch krümmt sich die Banane. Der Fachausdruck für dieses Verhalten lautet Geotropismus.

Gepard

Der Gepard ist die einzige Raubkatze, die ihre Krallen nicht einziehen kann.

Gerissenes Seil

Am 14. Juli 1865 gelang sieben Bergsteigern die Erstbesteigung des Matterhorns über den Hörnligrat. Beim Abstieg kam es zu einer Katastrophe. Das Seil riss und vier Alpinisten starben. Nur Edward Whymper und Vater und Sohn Taugwalder überlebten. Das gerissene Seil kann noch heute im alpinen Museum von Zermatt besichtigt werden.

Gesetzeslücke

Im Dezember 1993 überfällt ein Mann eine Videothek, fesselt eine Angestellte an Händen und Füßen, stülpt ihr eine Plastiktüte über den Kopf und wickelt dreißig Meter Paketklebeband um den Hals seines wehrlosen Opfers. Die Frau erstickt qualvoll. Zwei Zeugen sehen hinter der Milchglasscheibe der geschlossenen Videothek einen auffallend kleinen Mann weghuschen, der Täter hinterlässt einen halben Fußabdruck auf einem Fensterbrett und Fasern seiner Kleidung, als er sich durch ein Fenster zwängt. Danach springt er aus 3,35 Meter Höhe in den Hinterhof und kann entkommen. Die Polizei findet bald eine heiße Spur. Ein Mann ließ sich zwei Tage nach der Tat mit einem gebrochenen Fuß in einer Klinik behandeln. Er ist Kunde der Videothek. Er ist mit 1,64 Metern Körpergröße auffällig klein, das Sohlenprofil seiner Slipper passt zum Fußabdruck auf der Fensterbank, die Textilspuren am Fensterrahmen stammen von seiner Jacke. Zudem weist die Jacke feine Rissspuren am Rücken auf. Ein Orthopäde stellt fest, dass der gebrochene Fuß eine typische Sprungverletzung ist. Gegen den Mann wird ein Haftbefehl wegen Mordes erlassen. Vor Gericht stellt sich allerdings heraus, dass sowohl die Jacke als auch die Slipper billig produzierte Massenware waren, die sehr häufig verkauft wurde. So konnte nicht zweifelsfrei festgestellt werden, dass die Spuren tatsächlich von den Kleidungsstücken des Angeklagten stammten. Zudem gestand der Orthopäde ein, dass die Verletzung am Bein auch beim Umknicken in der Dusche passiert sein könnte. Im Januar 1997 sprechen die Richter den Angeklagten aus Mangel an Beweisen rechtskräftig frei. Ein Staatsanwalt lässt allerdings nicht locker, nutzt die Fortschritte in der Kriminaltechnik und lässt das Klebeband im Jahr 2005 nochmals auf DNA-Spuren untersuchen. Das Ergebnis ist eindeutig, die DNA-Spuren stammen zweifelsfrei von dem Angeklagten. Trotzdem wird er weiterhin auf freiem Fuß bleiben, denn ein Angeklagter, der einmal rechtskräftig freigesprochen wurde, kann nicht noch ein zweites Mal vor Gericht gestellt werden. Nur wenn sich herausstellt, dass Urkunden im Prozess gefälscht wurden, ein Zeuge sich des Meineides oder der Falschaussage schuldig gemacht hat oder einem Richter oder Schöffen eine strafbare Verletzung der Amtspflichten nachgewiesen werden kann, ist eine Wiederaufnahme möglich. Es sei denn, der Angeklagte legt ein glaubwürdiges Geständnis ab. (Stand der Gesetzgebung Mai 2006)

Gewehr

Eines der derzeit besten Scharfschützengewehre der Welt ist das Barrett Modell 82A1. Es hat eine enorme Durchschlagskraft und jagt die Kugeln mit einer Geschwindigkeit von 853 Metern pro Sekunde aus der Mündung. Das Geschoss durchschlägt somit problemlos eine Ziegelmauer aus einer Entfernung von über 1.500 Metern.

Gewichtsreduktion

Ein Mensch muss siebentausend Kilokalorien verbrauchen, um ein Kilogramm Fettgewebe abzubauen.

GEZ

Die GEZ, die Gebühreneinzugszentrale der öffentlich rechtlichen Rundfunkanstalten der Bundesrepublik Deutschland, nahm 2004 über sechs Milliarden Euro ein (eine Milliarde sind tausend Millionen).

Mahatma Gandhi

Von Mahatma Gandhi sagt man, er habe zwischen diesen sieben Todsünden unterschieden: Reichtum ohne Arbeit, Genuss ohne Gewissen, Wissen ohne Charakter, Geschäft ohne Moral, Wissenschaft ohne Menschlichkeit, Religion ohne Opferbereitschaft und Politik ohne Prinzipien.

Giraffe

Die Wände des Herzens einer Giraffe sind bis zu acht Zentimeter dick. Ihr Herz ist sehr leistungsstark, da es das Blut über weite Wege in den Kopf und die Beine pumpen muss.

Glasfrosch

Der zentralamerikanische Glasfrosch ist fast durchsichtig.

Glaswels

Der Körper des in den tropischen Flüssen Asiens beheimateten Glaswels ist durchscheinend, demzufolge ist er fast unsichtbar und ideal getarnt. Seltsamerweise wird der Körper sichtbar, sobald der Fisch stirbt.

Gleichgewicht

Wenn ein Mensch mit der rechten Schulter und dem rechten Fuß gleichzeitig eine Wand berührt, schafft er es nicht, nur auf dem rechten Bein zu stehen und das Gleichgewicht zu halten. Es ist in dieser Position unmöglich, den Körperschwerpunkt in die richtige Lage zu bringen.

Glück

„Das Glück stellt sich ein, wenn dein Werk und deine Worte für dich und für andere von Nutzen sind."
(unbekannt)

Glücksspiel

Glückspiel kann einen negativen psychologischen Effekt haben. Man macht seinen Einsatz und wartet dann auf den Gewinn. Das ist eine passive Rolle und der Spieler ist nicht in der Lage, den weiteren Ablauf aktiv zu beeinflussen. Das kann die Denkstruktur eines Menschen beeinflussen und sich auch auf andere Lebensbereiche auswirken. Psychologen nehmen an, dass es von großer Bedeutung ist, nicht immer nur auf sein Glück zu warten. Man sollte auch aktiv handeln und dadurch positive Veränderungen herbeiführen können.

Glühwürmchen

Glühwürmchen sind deutlich effektiver als Glühbirnen. Sie wandeln 90 Prozent der Energie in Licht um, Glühbirnen hingegen nur 5 Prozent.

Johann Wolfgang von Goethe

Johann Wolfgang von Goethe war über 80 Jahre alt, als er sein Meisterwerk *Faust* vollendete. Er schrieb über 64 Jahre daran.

Goethe-Blick

Die Tatsache, wenn ein Mensch ein kurzsichtiges und ein normalsichtiges Auge hat, nennt man den Goethe-Blick (Monovision). Johann Wolfgang von Goethe hatte von Kindheit an ein kurzsichtiges und ein normalsichtiges Auge. Er kam aber zeitlebens ohne Brille aus, da er von klein auf daran gewohnt war.

Goldfisch

Goldfische, die man in abgedunkelten Räumen hält, werden langsam weiß.

Goldfröschchen

Das Goldfröschchen lebt in den sumpfigen Waldgebieten im Osten Madagaskars. Es ist zwar mit ca. 23 Millimetern Größe sehr klein, fällt aber durch seine grell orange Haut durchaus auf. Die auffällige Färbung soll mögliche Fressfeinde abschrecken, da das Goldfröschchen extrem giftig ist. Es kann aber sein Gift nicht selbst produzieren, sondern verspeist in großen Mengen Ameisen. Die so aufgenommenen giftigen Alkaloide werden dann in der Haut eingelagert. Goldfröschchen in Gefangenschaft, die keine alkaloidproduzierenden Ameisen mehr fressen, verlieren nach und nach ihre Giftigkeit.

Golfbälle

Eine Firma aus Hamburg, die Golfausrüstungen vertreibt, verkauft Golfbälle aus gepresstem Plankton, mit denen auf Schiffen gespielt werden kann. Wenn man die Bälle versehentlich ins Wasser schlägt, können sie von Fischen gefressen werden und stellen somit keine Umweltbelastung dar.

Charles Goodyear

Charles Goodyear, der Erfinder der Vulkanisation und des Hartgummis, wurde mehrmals zu Haftstrafen verurteilt, weil er seine Schulden nicht zahlen konnte.

Google

Da die meisten Chinesen Schwierigkeiten hatten, das

Wort Google auszusprechen, nennt sich das Unternehmen in China nun Guge.

Jay Goppingen

Jürgen Klinsmann feierte 2003 unter dem Pseudonym Jay Goppingen sein Comeback als Mittelstürmer für die Orange County Blue Stars in der amerikanischen Premier Development League.

Gorillas

Gorillas sind Pflanzenfresser.

Andre Gorz

Der Schriftsteller Andre Gorz verfasste mit seinem Buch *Brief an D.* eine berührende Liebeserklärung an seine Frau Dorine, seine seit Langem schwer kranke Gattin. Als Andre Gorz nun erfuhr, dass sich der Zustand seiner Frau immer mehr verschlechterte und sie nur noch wenige Tage zu leben hatte, beschloss er, mit seiner Frau gemeinsam zu sterben, da er ohne sie nicht weiterleben wollte. Im September 2007 nahmen sich der 84-jährige Andre Gorz und die 83-jährige Dorine in ihrem Haus in Vosnon in der französischen Aube das Leben. Man fand die beiden alten Menschen tot, Seite an Seite liegend. Der letzte Satz des schmalen Buches *Brief an D.* lautet: „Oft haben wir uns gesagt, dass wir, sollten wir wundersamerweise ein zweites Leben haben, es zusammen verbringen möchten."

Gottesanbeterin

Die Gottesanbeterin ist das einzige bekannte Lebewesen, das nur ein Ohr hat.

Gourde

In Haiti bezahlt man mit Gourde.

Cary Grant

Der Schauspieler Cary Grant wurde in den Sechzigerjahren auf Veranlassung seines Psychiaters Oscar Janiger mit der Droge LSD behandelt, um seine Kindheitstraumata zu überwinden.

Grapefruit

Grapefruitsaft ist in der Lage, die Wirkung vieler Medikamente zu beeinflussen. In einigen Ländern wird deshalb auf den Beipackzetteln der betroffenen Medikamente vor dem Genuss von

Pampelmusen gewarnt. Die Früchte enthalten Naringin, das im Darm eine hemmende Wirkung auf die Enzyme hat, die dort die Wirksubstanzen von Medikamenten abbauen. Dadurch wird die Wirkung der Arzneimittel verstärkt.

Greencard

Die Greencard, die Aufenthalts- und Arbeitsgenehmigung für die USA, ist nicht grün, wie man aufgrund des Namens annehmen könnte.

Alan Greenspan

Alan Greenspan, der langjährige Vorsitzende der US-Notenbank und einer der mächtigsten Banker der Welt, führte viele seiner Besprechungen auf dem Fußboden liegend durch, da er unter starken Rückenschmerzen litt.

Großer Harlekinfrosch

Der große Harlekinfrosch ist ein Frosch aus der Familie der Laubfrösche. Er wird als Kaulquappe bis zu 27 Zentimeter lang und schrumpft aber als erwachsenes Tier auf eine Länge von 5 Zentimetern zusammen.

Grüne Bohnen

Grüne Bohnen sind im rohen Zustand giftig, man darf sie nur gekocht verzehren.

Grundbesitz

Die Kirche ist mit über 6 Milliarden Quadratmetern der größte Grundbesitzer in Deutschland.

Guajak-Baum

Das Holz des Guajak-Baums ist das schwerste und härteste Holz, das es gibt. Es ist sogar schwerer als Wasser und schwimmt nicht.

Gürteltier

Dem weiblichen Gürteltier gelingt es, die Entwicklung des Embryos nach der Paarung um bis zu drei Jahre hinauszuschieben, damit der Nachwuchs nicht zu Zeiten von Nahrungsmangel geboren wird.

Gurken

Gurken gehören zu den Kürbisgewächsen.

Gummibärchen

Vier Gummibärchen enthalten

so viel Zucker wie ein Stück Würfelzucker.

Gregor Gysi
Bevor der Politiker Gregor Gysi sein Studium der Rechtswissenschaften an der Humboldt Universität in Berlin begann, schloss er eine Ausbildung zum Facharbeiter für Rinderzucht ab.

Guinea
Es gibt vier Guineas auf der Welt. Äquatorialguinea, Guinea, Guinea-Bissau und Papua-Neuguinea.

GZSZ
Der Altkanzler Gerhard Schröder hatte am 22. Juni 1998 einen Kurzauftritt in der RTL-Serie *Gute Zeiten, Schlechte Zeiten*.

H

Haie

Haie besitzen überall am Körper verteilt kleine Geschmacksknospen. Ob ihnen eine Beute schmeckt oder nicht, können sie prüfen, indem sie sich an ihr reiben. Manche Tierarten machen sich das zunutze. Sie sondern eine Substanz ab, die für den Hai scheußlich schmeckt und hoffen darauf, dass er sie deshalb nicht frisst.

Haiti

Haiti ist keine Insel, sondern ein Staat, der den westlichen Teil der Karibikinsel Hispaniola ausmacht und an die Dominikanische Republik grenzt.

Hamlet

Die drei klassischen Werke der Weltliteratur Hamlet, Viel Lärm um Nichts und das Gilgamesch-Epos wurden auch schon in klingonischer Sprache herausgegeben.

Handgranatenweitwurf

Das Berliner Olympiastadion wurde am 26. März 1916 mit einem sportlichen Wettkampf des Handgranatenweitwurfs eröffnet.

Handys als Abhöranlage

Handys können problemlos als Abhöranlage eingesetzt werden. Über Bluetooth oder W-LAN wird die Freisprechanlage des ausgewählten Mobiltelefons per Funk aktiviert, ohne dass der Benutzer des Handys etwas davon bemerkt. Der Spion (beispielsweise ein Geheimdienst) kann dadurch alles mithören, was im Raum gesprochen wird. Das funktioniert auch bei ausgeschalteten Handys. Bei dem manipulierten Gerät erlischt zwar das Display und es nimmt auch keine Anrufe mehr entgegen. Die Freisprecheinrichtung bleibt aber gleichwohl betriebsbereit und überträgt weiter alle Geräusche aus der näheren Umgebung. Das einzige Mittel dagegen ist, den Akku herauszunehmen.

Wilfried Hannes

Der Mönchengladbacher Fußballnationalspieler Wilfried

Hannes war in den Achtzigerjahren einer der besten deutschen Abwehrspieler, obwohl er mit dem Handicap fertig werden musste, auf einem Auge blind zu sein.

Hapag-Lloyd Express

Auf Flugreisen sind Spuckbeutel obligatorisch, falls es einem Passagier so schlecht werden sollte, dass er sich übergeben muss. Auf den Spuckbeuteln der Fluggesellschaft Hapag-Lloyd Express steht: „Vielen Dank für Ihre Kritik".

Haribo

Seit 1936 kann man jedes Jahr im Oktober bei der Zentrale der Firma Haribo in Bonn Eicheln und Kastanien gegen Gummibärchen eintauschen. Haribo benutzt die Eicheln und Kastanien als Winterfutter für Wildtiere.

Woody Harrelson

Der Vater des Schauspielers Woody Harrelson verbüßt seit 1979 eine lebenslange Haftstrafe wegen Mordes an dem Richter John H. Wood jr.

Harriet

Der britische Naturforscher Charles Darwin höchstpersönlich fing 1835 drei Galapagos-Riesenschildkröten. Eine davon war Harriet, die damals etwa tellergroß war, weshalb man davon ausgeht, dass sie zu diesem Zeitpunkt etwa sechs Jahre alt war. Harriet starb am 23. Juni 2006 im Australia Zoo im Alter von geschätzten 176 Jahren und war zu diesem Zeitpunkt das letzte Lebewesen, das Charles Darwin noch persönlich gekannt hatte.

William Henry Harrison

Der US-Präsident William Henry Harrison war nicht mal einen ganzen Monat lang im Amt.

Dr. Thomas Harvey

Der Pathologe Dr. Thomas Harvey bewahrte jahrelang das Gehirn von Albert Einstein in einem mit Formaldehyd gefüllten Behälter bei sich zu Hause im Keller auf.

Hasen

Hasen haben größere Ohren als Kaninchen, weil sie auf freiem Feld leben und ihr gutes Gehör ihr einziger Schutz vor Feinden ist. Je größer die Ohrmuschel ist, desto besser kann sie Geräusche empfangen. Kaninchen leben im Gegensatz zu Hasen in unterirdischen Bauten. Dort können sie sich vor Fressfeinden verstecken.

Kaspar Hauser

Der Mordfall des Findlings Kaspar Hauser gibt nach wie vor Rätsel auf. Das Nachrichtenmagazin *Der Spiegel* ließ 1996 einen Gentest mit Blutresten an einer Hauser zugeschriebenen Unterhose durchführen und schloss danach strikt aus, dass Kaspar Hauser ein Abkömmling des badischen Herrschergeschlechts und folglich ein vertauschter Thronfolger gewesen sein kann. 2002 analysierte das Institut für Rechtsmedizin der Universität Münster Körperzellen aus dem Schweißband von Hausers Zylinderhut und eine Haarlocke aus dem Markgrafenmuseum Ansbach. Sämtliche Haarproben stimmen untereinander, aber nicht mit den 1996 geprüften Blutresten überein, was den Verdacht nahe legt, dass zumindest der Blutfleck an der Unterhose nicht von Hauser stammt. Dafür deckt sich der Gencode mit demjenigen einer Vergleichsperson, Astrid von Medinger, weiblicher Abkömmling des Hauses Baden-Zähringen.

Walter Haut

2005 verstarb der ehemalige Presseoffizier der Roswell Airbase, der im Laufe seiner Karriere zahlreiche Verschwörungstheorien um UFOs dementieren musste. Er hinterließ eine eidesstattliche Erklärung bei einem Notar, die erst nach seinem Tod verlesen werden dufte. Darin behauptet er, dass mit dem Roswell-Zwischenfall tatsächlich der Absturz eines UFOs mit kleinen humanoiden Außerirdischen vertuscht werden sollte.

Hawthorne-Effekt

Der Hawthorne-Effekt ist eine Definition für die Wirkung, die entsteht, wenn Menschen sich der Tatsache bewusst sind, dass ihr Verhalten beobachtet wird. Der Begriff entstammt einer Untersuchung zur Produktivität von Arbeitern in der Hawthorne Fabrik. Diese Studie zeigte, dass allein das Wissen der Arbeiter, Teil einer Untersuchung zu sein, die Motivation und damit die Produktivität steigerte.

HDTV
Die Abkürzung HDTV bedeutet High Definition Television.

Dieter Thomas Heck
Der langjährige Moderator der ZDF-Hitparade Dieter Thomas Heck ist ein unehelicher Sohn des Prinzen Carl Gustav zu Ysenburg und Büdingen.

Heiße Quelle
Arbeiter, die die Mineralablagerungen von Rheumabädern entfernen wollen, müssen dazu in die bis zu 70 Grad heißen Quellen steigen. Um ihre Füße zu kühlen, schütten sie sich deshalb vorher eiskaltes Wasser in ihre speziell dafür in Übergröße angefertigten Gummistiefel.

Heißluftballonfahrer
Heißluftballonfahrer haben oft eine Rolle Toilettenpapier dabei. Sie können damit relativ einfach die Luftverhältnisse in den tiefer gelegenen Luftschichten sehen, indem sie einfach ein ordentliches Stück Klopapier aus dem Ballon werfen.

Helferschere
Eine Helferschere ist eine Schere mit vier statt zwei Fingerlöchern, damit ein Erwachsener einem Kind oder einem Behinderten bei den ersten Schneideübungen helfen kann. Die beiden zusätzlichen Grifflöcher sind weiter außen angebracht und ermöglichen es so auf einfache Weise, die Schneidbewegungen zu unterstützen.

Hell
Der kleine Ort *Hell* auf den Cayman Islands verdient Geld damit, dass man von dort Postkarten *„direkt aus der Hölle (engl. Hell)“* nach Hause schicken kann.

Helmpflicht in Neapel
Die Touristeninformationszentren in Neapel weisen Touristen, die die Stadt mit einer Vespa erkunden wollen, darauf hin, dass sie trotz Helmpflicht lieber ohne Helm fahren sollten. In Neapel werden Morde gerne von Killern auf Motorrollern begangen, die unerkannt bleiben möchten und deshalb einen Helm tragen. Wer mit Helm fährt, ist also erstmal verdächtig und zweitens ein potenzielles Opfer für andere Mafiakiller.

Helium

Das chemische Element Helium wird unter Normaldruck niemals fest, es gefriert nur unter Druck.

Audrey Hepburn

Die Schauspielerin Audrey Hepburn wurde in Brüssel in Belgien geboren.

Hermelin

Das große Wiesel bekommt im Winter ein schneeweißes Fell und wird Hermelin genannt. Im Sommer hat diese Marderart ein braunes Fell und wird großes Wiesel genannt.

Hernandulcin

Die Substanz Hernandulcin süßt ungefähr 1.000 Mal stärker als Zucker.

Heroin

Die Droge Heroin wurde in Deutschland bis 1931 als probates Mittel gegen Husten und Erkältungen vermarktet.

Herr Kaiser

Herr Kaiser, die Werbefigur der Hamburg-Mannheimer Versicherungen, heißt Günter mit Vornamen.

Herz

Das Herz ist das einzige menschliche Organ, das so gut wie nie vom Krebs befallen wird. Krebs entsteht, wenn die DNA einer Zelle mutiert. Mutationen erfolgen meistens bei der Zellteilung und der Replikation der DNA. Organe, die ihre Zellen häufig austauschen wie der Darm, der Magen oder die Haut, erkranken deshalb leichter an Krebs. Die Herzzellen dagegen konzentrieren sich darauf, Blut durch den Körper zu pumpen. Sie replizieren nur bei einer Verletzung DNA, um neue Herzzellen herzustellen.

Herzförmige Pupillen

Gelbbauchunken haben herzförmige Pupillen.

Hessen

Hessen hat als einziges Bundesland immer noch die Todesstrafe als mögliche Bestrafung für besonders schwere Verbrechen vorgesehen. Im § 21 Absatz 1 der hessischen Landesverfassung steht Folgendes: „Ist jemand einer strafbaren Handlung für schuldig befunden worden, so können ihm aufgrund der Strafgesetze durch richterliches Urteil die Freiheit und die bürgerlichen Ehrenrechte entzogen und beschränkt werden. Bei besonders schweren Verbrechen kann er zum Tode verurteilt werden."

---

heute-Nachrichten

Das Piepen zu Beginn der *heute*-Nachrichten im ZDF ist das Wort „heute" in Morsezeichen.

Himalaja

Das Wort Himalaja bedeutet übersetzt so viel wie der Wohnsitz des Schnees.

Hinterkaifeck

Am 30. März des Jahres 1922 machte Andreas Gruber auf seinem Einödhof Hinterkaifeck nahe dem oberbayerischen Schrobenhausen eine Entdeckung, die ihm das Blut in den Adern gefrieren ließ: Vom Waldrand her führen Fußspuren durch den Schnee zu seinem einsamen Anwesen, eine vom Haus wegführende Spur kann er aber nicht entdecken. Der als eigenbrötlerisch bekannte Mann erzählt zwar zwei Nachbarn von seiner Beobachtung, die örtliche Polizei schaltet er aber nicht ein. In der Nacht vom 31. März auf den 01. April 1922 werden Andreas Gruber, seine Frau Cäzilia, seine verwitwete Tochter Victoria Gabriel, deren siebenjährige Tochter Cäzilia, der zweijährige Sohn Josef und die Magd Maria Baumgartner bestialisch mit einer Kreuzhacke ermordet. Die Täter wurden nie gefasst. Der Fall gibt bis heute Rätsel auf. So steht zum Beispiel fest, dass die Täter nach den Morden noch auf dem Hof gegessen haben und das Vieh versorgten. Raubmorde konnten es nicht gewesen sein, da große Geldsummen unangetastet blieben. Akten zu dem Fall gibt es noch, aber die Aussage des Pfarrers Michael Haas, der die Täter durch das Beichtgeheimnis unter Umständen gekannt haben könnte, fehlt in der Akte.

HIV

Manche Menschen sind vollkommen immun gegen das HIV-Virus. Der britische Wissenschaftler Christopher Duncan von der Universität Oxford fand heraus, dass es Menschen gibt, denen durch einen Gendefekt ein Protein fehlt, das das HI-Virus benötigt, um in die Zellen eindringen zu können. Deshalb kann das Virus nicht aktiv werden. Die Genmutation, die diesen Schutz verleiht, kommt in Europa besonders häufig vor. Duncan und seine Kollegen vermuten, dass dieser Defekt auch schon vor der Pest geschützt und deshalb für eine natürliche Auslese der Menschen während der Pestausbrüche im Mittelalter gesorgt hat.

Hoatzin

Der Hoatzin ist eine Vogelart, die im nördlichen Südamerika lebt. Junge Haotzine haben kleine Krallen an den Enden ihrer Flügel, mit denen sie wie Katzen auf Bäume klettern können. Die Krallen bilden sich allerdings zurück, wenn die Vögel älter werden.

Hochgiftig

Das Gift einiger Giftschlangen ist so stark, dass die Giftmenge eines einzigen Bisses ausreichen würde, um mehrere Tausend Beutetiere zu töten. Die Natur hat diese Tiere mit einem so wirksamen Gift ausgestattet, da das Nahrungsangebot in bestimmten Lebensräumen so knapp ist, dass es sich die Schlange nicht leisten kann, auch nur ein einziges Beutetier zu verlieren.

Hodometer

Ein Hodometer ist ein Wegmesser, wie zum Beispiel der Schrittmesser eines Joggers.

Peter Hoeg

Peter Hoeg, der Autor des Weltbestsellers *Fräulein Smillas Gespür für Schnee* verschwand 1996 für fast zehn Jahre. Erst 2005 spürte ihn eine schwedische Journalistin für ein Interview in seinem Versteck auf.

Dieter Hoeneß

Dieter Hoeneß schoss am 25. Februar 1984 im Bundesligaspiel Bayern München gegen Eintracht Braunschweig 5 Tore in einer Halbzeit (Endstand 6:0).

Ulrich Hoeneß

Uli Hoeneß, der heutige Manager des FC Bayern München und Weltmeister von 1974 überlebte am 17. Februar 1982 als einziger Insasse einen Flugzeugabsturz mit einem Privatflugzeug. Drei seiner Freunde kamen dabei ums Leben.

Hörsturz

Ein wissenschaftlicher Beweis für die folgenden Thesen fehlt zwar, dennoch sind etliche Experten der Meinung, dass vor allem zwei Gruppen von Menschen stark gefährdet sind, einen Hörsturz zu erleiden. Menschen, die an Übergewicht leiden, einen zu hohen Blutdruck oder zu hohe Cholesterinwerte haben oder Raucher sind. Die zweite Gruppe sind Menschen, die eine Persönlichkeitsstruktur haben, die durch Pflichtbewusstsein, Zuverlässigkeit, Genauigkeit und Ehrgeiz gekennzeichnet ist. Durch diese Eigenschaften können Überforderungssituationen entstehen, der Betreffende wehrt sich nicht ausreichend gegen die Überlastung seines Körpers und seiner Seele. Aus diesen Erkenntnissen entwickelten sich Behandlungsstrategien, die auf Entspannung und Verhaltensänderung abzielen.

H. H. Holmes

H. H. Holmes gilt als einer der ersten US-amerikanischen Serienmörder. Holmes hatte an der Universität Michigan Medizin studiert und ließ sich 1886 in Chicago nieder, wo er als Arzt und Apotheker arbeitete. Einen Großteil seiner Morde führte er in einem von ihm errichteten Hotelgebäude, in Chicago „the Castle" genannt, durch. Zu Beginn der Neunzigerjahre des 19. Jahrhunderts ließ er dieses riesige Hotel erbauen und verwandelte es in ein wahres Horrorhaus. In dem Gebäude gab es Geheimgänge, Falltüren, versteckte Räume und einen Keller mit Foltertisch und Säurebad. Holmes nahm während der Weltausstellung in Chicago gerne junge alleinstehende Frauen in seinem Hotel auf, die nach Chicago gekommen waren, um dort Arbeit zu finden. Dort ermordete er sie dann auf bestialische Art und Weise. Die Zahl seiner Opfer kann nur geschätzt werden, liegt aber auf jeden Fall im hohen zweistelligen Bereich. Ein fehlgeschlagener Versicherungsbetrug wurde ihm schließlich zum Verhängnis. Die Polizei kam Henry Howard Holmes auf die Spur und nahm ihn 1895 schließlich fest. Am 07.

Mai 1896 wurde er am Galgen hingerichtet.

Michael Holmes

Der Fallschirmspringer Michael Holmes überlebte 2006 einen Sturz aus über 4.000 Metern Höhe fast unverletzt. Sein Hauptschirm öffnete sich ebenso wenig wie sein Notfallschirm und so landete er nahezu ungebremst in einem Brombeerbusch. Holmes filmte den Fallschirmsprung nahe dem Taupo-See in Neuseeland mit seiner Helmkamera. Er zog sich bei diesem unglaublichen Sturz nur einen Knöchelbruch und eine Lungenverletzung zu.

Harold Holt

Der australische Premierminister Harold Holt ging am 17. Dezember 1967 am Cheviot Beach bei Point Nepean südlich von Melbourne schwimmen. Seitdem wurde er nie wieder gesehen. Seine Leiche wurde bis heute nicht gefunden.

Honig, Teil 1

Honig ist ein Lebensmittel, das nicht verdirbt. In ägyptischen Pyramiden wurde jahrhundertealter Honig entdeckt, der noch genießbar war.

Honig, Teil 2

Honig kann für Säuglinge gefährlich sein. Der Krankheitserreger Clostridium botulinum kann im Honig überleben. Er setzt ein Toxin frei, das zu Lähmungserscheinungen führen kann. Durch die noch nicht voll entwickelte Darmflora sind Säuglinge stärker gefährdet als Erwachsene. Die Ärztekammer Baden-Württemberg empfiehlt aus diesem Grund bei Säuglingen unter 12 Monaten, ganz auf die Gabe von Honig zu verzichten. Der Säuglingsbotulismus durch Honig ist allerdings sehr selten. Für ältere Kinder und Erwachsene besteht keine Gefahr.

Honigdachs

Der Honigdachs hat eine wundersame Haut, die ihm bei der Verteidigung hilft. Sie hat eine Fettschicht, die lose auf der darunterliegenden Muskulatur gelagert ist, sodass sie wie eine umgehängte Hülle am Körper hängt. Wenn ihn ein Feind beißen will, findet er somit keinen Halt und die Haut rutscht ihm immer wieder weg. Außerdem ist die Haut ausgesprochen dick, was zur Folge hat, dass sie auch von den Zähnen von Raubtieren oder Schlangen nicht durchdrungen werden kann.

Guildo Horn

Der Schlagersänger Guildo Horn heißt mit richtigem Namen Horst Köhler.

Hornhecht

Der Hornhecht hat grüne Gräten.

Houdini

Der große Zauberer Harry Houdini entwickelte zusammen mit seiner Frau und Assistentin Bess einen ausgeklügelten Code, der es ihm ermöglichte, die Gedanken seiner Zuschauer zu „lesen". Um Zahlenkombinationen zu übermitteln, etwa die Seriennummer eines Geldscheins oder das Geburtsdatum auf dem Personalausweis, bildete Bess einen Satz aus folgenden Codewörtern: 1 = bete, 2 = Antwort, 3 = sage, 4 = nun, 5 = erzähle, 6 = bitte, 7 = sprich, 8 = geschwind, 9 = sehe, 0 = schnell. Die Kontonummer 45078932 würde etwa wie folgt mitgeteilt werden: „Nun, erzähle es mir schnell, großer Houdini, sprich geschwind, sehe tief in dich und sage mir die Antwort!"

Horst Hrubesch, Teil 1

Der ehemalige Mittelstürmer des HSV und der deutschen Nationalmannschaft, Horst Hrubesch, ist Autor des mittlerweile vergriffenen Buches *Dorschangeln vom Boot und an den Küsten.*

Horst Hrubesch, Teil 2

Von Horst Hrubesch stammt der Satz: „Ich sage nur ein Wort: Vielen Dank!"

Hufeisennase

Hufeisennasen sind Fledermäuse, die einen hufeisenförmigen Hautaufsatz haben, der die Nasenlöcher umgibt und bei der Orientierung hilft. Es gibt große Hufeisennasen, kleine Hufeisennasen und Mittelmeerhufeisennasen.

Huhn

Hühner sind nicht das weibliche Gegenstück zum Hahn. Hühner

ist der geschlechtsneutrale Gattungsbegriff für diese Art von Vögeln. Der korrekte Begriff für weibliche Hühner lautet Hennen.

Hummelfledermaus
Die Hummelfledermaus ist nur zwei Zentimeter groß und wiegt gerade mal zwei Gramm.

Hummer
Hummer werden bei lebendigem Leib gekocht, weil sich in ihrem toten Körper sehr schnell Giftstoffe bilden.

Hundertjähriger Krieg
Der Hundertjährige Krieg zwischen Frankreich und England dauerte nicht 100 Jahre, wie man aufgrund des Namens glauben könnte, sondern 116 Jahre (von 1337 bis 1453).

Hurrikans
Hurrikans werden in Südostasien und Ostasien Taifune genannt.

Hyänen
Die Geburtswehen bei Hyänen dauern oftmals bis zu 12 Stunden. In dieser Zeit ist die werdende Mutter vollkommen wehrlos. Während der Geburt von Löwen gefressen zu werden ist deshalb die Todesursache Nr. 1 bei Hyänenweibchen.

Hygrometer
Ein Hygrometer misst die Luftfeuchtigkeit.

I

i
Eines der kürzesten Wörter im Duden ist das Wörtchen „i!“ im Sinne von igitt.

Igelschlauch
Der Igelschlauch ist eine Pflanze.

Julio Iglesias
Der spanische Sänger Julio Iglesias stand in seiner Jugend im Tor der Fußball-Juniorenmannschaft von Real Madrid. Er beendete seine Fußballkarriere nach einem Autounfall.

IKEA, Teil 1
Der Firmenname IKEA setzt sich aus den Anfangsbuchstaben des Firmengründers Ingvar Kamprad, des elterlichen Bauernhofs Elmtaryd und des dem Hof nächstgelegenen Ortes Agunnaryd zusammen.

IKEA, Teil 2
Der schwedische Möbelhersteller IKEA schenkte seinen Mitarbeitern anlässlich des 25-jährigen Bestehens der Firma die gesamten Tageseinnahmen des 09. Oktober 1999. Das waren damals allein in Deutschland 34,5 Millionen Mark, die an alle Mitarbeiter verteilt wurden. Unabhängig von Funktion und Einkommen erhielt jeder IKEA-Angestellte rund 3.500 Mark extra.

Illegales Glücksspiel
Ende des 18. Jahrhunderts gab es in illegalen Hinterzimmerspielhöllen immer einen gut bezahlten Angestellten, der als einzige Aufgabe hatte, bei einer überraschenden Polizeirazzia die Spielwürfel hinunterzuschlucken.

Im Gerichtssaal
„Als der Staatsanwalt laut *Einspruch, Euer Ehren* rief, schlug der Richter mehrmals wütend mit seinem Hammer auf das Richterpult.“ Dieser Satz ist inhaltlich vollkommen falsch. Die Anrede Euer Ehren ist für einen Richter in Deutschland nicht üblich. Das prozessuale Mittel des Einspruchs gibt es in der

deutschen Gerichtsrealität nicht. Der Verteidiger hat die Möglichkeit, den Staatsanwalt einfach in seiner Rede zu unterbrechen, wenn er glaubt, eine Frage an den Angeklagten oder einen Zeugen sei unpassend. Das aus amerikanischen Fernsehserien bekannte Richterhämmerchen findet man in deutschen Gerichten ebenfalls nicht.

Indien

Indien nahm 1950 nicht an der Fußballweltmeisterschaft in Brasilien teil, obwohl es sich qualifiziert hatte. Der Grund dafür war, dass die Inder barfuss spielen wollten und die FIFA es nicht erlaubte. Daraufhin sagten sie einfach ihre Teilnahme ab.

Internationale Telefonvorwahl

Die internationale Telefonvorwahl von Russland lautet 007.

Inspektor Columbo

Der Vorname von Inspektor Columbo (gespielt von dem Schauspieler Peter Falk) aus der gleichnamigen Fernsehserie ist Frank. Zwar wird er nie genannt, aber in der DVD-Version der Folge *Mord unter sechs Augen* wurde der Vorname bekannt. In der Szene, als Columbo sich dem Mörder Hollister vorstellt, kann man auf seinem Ausweis die Unterschrift Frank Columbo erkennen.

Intelligenz

Der Verein Mensa, dessen Mitglieder in Deutschland alle einen IQ über 130 haben, hat unter seinen Mitgliedern eine formlose Umfrage durchgeführt, mit der Bitte, diejenigen Umweltfaktoren zu beschreiben, die sie für die Entwicklung ihrer Intelligenz am entscheidendsten hielten. An erster Stelle wurde das Lesen genannt. Viele der Befragten erwähnten auch, dass ihre Eltern ihnen vorgelesen haben, als sie noch kleine Kinder waren. Intelligente Menschen neigen dazu, ein Leben lang sehr gerne zu lesen. Ein wacher Geist möchte ständig mit neuen Informationen gefüttert werden. Als weitere Hinweise auf die Entfaltung der Intelligenz wurden folgende Punkte genannt: Kontakt und Konversation mit intelligenten Leuten, das Anlegen einer persönlichen Wissenssammlung, kulturelle Aktivitäten, regelmäßige Weiterbildung, das Spielen von Strategiespielen und das Lösen von Rätseln.

Inter Mailand

1966 hatte Franz Beckenbauer einen Vorvertrag bei Inter Mailand unterschrieben. Italien führte dann aber überraschend eine Ausländerbeschränkung ein, um einheimische Talente zu fördern, und der Wechsel platzte.

Irbis

Der Irbis ist ein Schneeleopard. Er lebt in den Hochgebirgen Zentralasiens und ist eine der seltensten Raubkatzen der Erde.

ISBN

Ab dem 01. Januar 2007 erhält jedes Buch eine neue Internationale Standard Buchnummer (ISBN). Die bisherige 10-stellige Ziffernkombination (ISBN 10), die jeden Titel weltweit identifiziert, wird um drei Ziffern verlängert (ISBN 13), um der wachsenden Anzahl neu veröffentlichter Bücher Herr zu werden.

Island

In Island funktioniert die Namensgebung etwas anders als bei uns. Der Familienname basiert auf dem Vornamen der Eltern. Ein Sohn namens Lars von einem Vater Olaf und einer Mutter Kristin könnte entweder Lars Olafsson oder Lars Kristinsson heißen. Bei einer Tochter funktioniert das Ganze genauso, mit der Endung „dottir“.

ISO

Die internationale Norm ISO 8601 von 1973 legt unter anderem fest, dass die Woche mit dem Montag zu beginnen hat.

Istanbul

Der eine Teil der türkischen Stadt Istanbul liegt in Europa, der andere in Asien.

Goran Ivanisevic

Der Name Goran Ivanisevic ist der einzige Name eines Tennisprofis, bei dem sich die Konsonanten und die Vokale abwechseln.

Ivorer

Die Staatsangehörigen der Elfenbeinküste werden als Ivorer bezeichnet.

Ixmiche

Nachdem US-Präsident George W. Bush die Ruinenstadt Ixmiche in Guatemala besucht hatte, reinigten die Maya-Priester die heiligen Stätten von bösen Geistern.

J

Janet Jackson

Janet Jackson hat eine Tätowierung knapp unterhalb der Bikinizone, die Mickey Maus und Minnie Maus beim Sex zeigt.

Jacquinia-Strauch

Der Jacquinia-Strauch lagert Bitterstoffe und Gifte in die Blätter ein, um Tiere davon abzuhalten, seine Blätter zu fressen.

Jesse James

Jesse James war einer der größten Revolverhelden des Wilden Westens. Auf sein Konto gingen zahlreiche Überfälle auf Banken und Züge. Im Jahr 1882 war die James-Younger-Bande durch Festnahmen, Todesfälle und Überläufer bereits stark dezimiert und mehrere Mitglieder spionierten offensichtlich für die Polizei. Jesse James vertraute deshalb nur noch den Brüdern Bob und Charley Ford. Das war ein tödlicher Fehler. Als Jesse am 03. April 1882 seinen Revolver ablegte, um ein Bild zu entstauben, erschoss ihn Bob Ford von hinten. Bob Ford hatte im Vorfeld geheime Gespräche mit dem Gouverneur von Missouri Thomas T. Crittenden geführt, um Jesse James festzunehmen. Die Ford-Brüder waren allerdings der Meinung, dass es nicht durchführbar ist, einen derart gefährlichen Mann wie Jesse James gefangen zu nehmen, und erschossen ihn deshalb ohne Vorwarnung von hinten.

Peter James

Der Bestsellerautor Peter James arbeitete Anfang der Siebzigerjahre des 20. Jahrhunderts als Putzkraft im Haus der Filmlegende Orson Welles.

Dr. Ernst-Alfred Jauch

Dr. Ernst-Alfred Jauch, der Vater des beliebten Fernsehmoderators Günther Jauch, schrieb einmal an einen Verwandten: „Was Günther macht, verstehe ich zwar nicht, aber es wird wohl gut bezahlt. Kein Mensch weiß, warum.“

Java

Die Insel Java im Indischen Ozean hat etwa 120 Millionen Einwohner, mehr als jede andere Insel der Erde.

JJ1

Im Mai und Juni 2006 sorgte ein Braunbär in Deutschland für nationales und internationales Aufsehen. Von österreichischen Zeitungen hatte er den Spitznamen Bruno erhalten. Offiziell hieß er allerdings JJ1, eine Kombination der Initialen seiner Eltern, Vater Jose und Mutter Jurka. Die Ziffer 1 besagt, dass er der erste Nachfahre der beiden war. Am 26. Juni wurde Bruno in der Nähe des oberbayerischen Spitzingsees auf behördliche Anordnung von Jägern getötet. Der Spielwarenhersteller Steiff brachte daraufhin eine Teddy-Sonderedition *BrunoJJ1* heraus, mit schwarzer Schleife als Trauerflor.

Jockey

Ein Berufsrennreiter in Deutschland darf sich Jockey nennen, sobald er die Lehrzeit erfolgreich absolviert und mindestens 50 Rennen gewonnen hat.

Johannesburg

Johannesburg in Südafrika ist eine der wenigen Millionenstädte, die nicht am Meer, an einem See oder einem anderen Gewässer liegt.

Johannisbrotbaum

Die Samen des Johannisbrotbaums wiegen immer 0,2 Gramm, egal wie groß oder klein sie sind oder welche Form sie haben. In früheren Zeiten wurden sie deswegen als Maßeinheit für Diamanten verwendet.

Samuel Johnson

Von Samuel Johnson stammt der folgende Satz: „Der Stolz auf das Vertrauen, das einem geschenkt wurde, ist eines der Hauptmotive dafür, dass man Geheimnisse ausplaudert."

Jütland

An der Nordspitze der Halbinsel Jütland kann man mit einem Bein in der Nordsee und mit dem anderen Bein in der Ostsee baden.

K

Kabeljau

Kabeljau und Dorsch sind unterschiedliche Bezeichnungen für ein und dieselbe Fischart. Dorsch wird der Fisch vor der Geschlechtsreife genannt, der ausgewachsene Fisch heißt Kabeljau. Lediglich in der Ostsee wird auch der ältere Fisch Dorsch genannt.

Kängurus

Kängurus haben auf dem Bauch eine kräftige Hornhautschicht, um sich vor Verletzungen durch die scharfen Klauen von anderen Kängurus zu schützen.

Kängurubaby

Ein neugeborenes Kängurubaby ist nur zwei Zentimeter lang und wiegt nicht mal ein Gramm. Es ist so klein, dass man es auf einen Teelöffel legen könnte. Kängurubabys krabbeln selbstständig vom Geburtskanal in den Beutel und hängen sich mit dem Mund an eine Zitze, die sie dann die nächsten 2 bis 3 Monate nicht mehr loslassen.

Kaffeepulver

Ganz fein gemahlenes Kaffeepulver ist explosiv. Alle oxidierbaren Stäube sind explosionsfähig. So auch der Kaffeestaub, der brennbar und organisch ist und dadurch für eine Explosion geeignet ist.

Kain, Abel und Set

Die Eltern der Menschheit Adam und Eva hatten drei Söhne. Kain und Abel kennt fast jeder. Der dritte Sohn Set ist aber den wenigsten Menschen ein Begriff. „Adam erkannte abermals sein Weib, und sie gebar einen Sohn, den nannte sie Set; denn Gott hat mir, sprach sie, einen anderen Sohn gegeben für Abel, den Kain erschlagen hat. Und Set zeugte auch einen Sohn und nannte ihn Enos.“ (Gen. 4,25)

Kaiserling

Der Kaiserling ist ein schmackhafter Speisepilz.

Kaksi

Das finnische Wort für zwei lautet kaksi.

Kalendermonate

Man könnte sagen, dass einige der Kalendermonate falsch benannt sind. Wenn man davon ausgeht, dass die Namen der Kalendermonate aus dem Lateinischen stammen, müsste der September (septem = sieben) der siebte Monat sein. Der Oktober (octo = acht) der achte, der November (novem = neun) der neunte und der Dezember (decem = zehn) der zehnte Monat. Die „falschen" Namen sind ein Ergebnis der Kalenderumstellung vom julianischen auf den gregorianischen Kalender, als die Reihenfolge der Monate geändert wurde, nicht aber ihre Namen.

Kaliumcyanid

Nach der Einnahme von Zyankali (Kaliumcyanid) erstickt man, obwohl man noch weiter atmen kann, da das Gift den Transport des Sauerstoffes im Blut blockiert.

Kalte Abreise

In der Hotelbranche spricht man von einer kalten Abreise, wenn ein Hotelgast während seines Aufenthaltes im Hotel stirbt und die Leiche dann „kalt" abtransportiert werden muss.

Kamel, Teil 1

Kamele können ihre Nasenlöcher zumachen, damit bei einem Sandsturm kein Sand eindringen kann.

Kamel, Teil 2

Kamele speichern in ihren Höckern kein Wasser, sondern Fett. Von diesem Fett können sie sich bis zu 30 Tage ernähren und kommen in dieser Zeit ohne zusätzliche Nahrung aus.

Kanincheneule

Während die meisten Eulen in Bäumen ruhen und nisten, leben die Kanincheneulen in Höhlen unter der Erde. Die Wände dieser Höhlen verkleiden die Vögel mit dem Kot anderer Tiere und verteilen ihn auch in unmittelbarer Umgebung des Erdbaus. Die Kanincheneulen locken mit diesem fürchterlichen Gestank ihre Lieblingsbeute den Mistkäfer an.

Kapern

Die wohlschmeckenden Kapern, die wir gerne auf einer Pizza genießen, sind keine Früchte des Kapernstrauchs, sondern seine Blütenknospen.

Karat

Das Gewicht von Edelsteinen wird in Karat gemessen. Ein Karat entspricht 0,2 Gramm.

Kartoffeln

Die grünen Blätter der Kartoffelpflanze sind giftig. Nur die unterirdische Knolle ist wohlschmeckend und genießbar.

Kattas

Kattas sind kleine Halbaffen. Zur Verteidigung werfen sie mit ihren Ringelschwänzchen Kot und Urin. Eine einzige Ladung Kattakot hinterlässt bis zu fünf Tage Duftspuren und kann im Extremfall zu Blindheit führen. Um diese Waffe aber effektiv einsetzen zu können, ist eine hohe Zielgenauigkeit unumgänglich. Deshalb müssen für die jungen Kattas Zielscheiben her, damit die Kleinen trainieren können. Und weil es sich am lebenden Objekt am besten üben lässt, werden zu diesem edlen Zweck einige ältere Kattas gezwungen, wie wild umherzuspringen, und die jungen Kattas dürfen dann nach Herzenslust nach ihnen schmeißen.

Katzenfutter

Katzen mögen den Geschmack von Mäusen nicht besonders gerne. Sie jagen sie, da ihr Jagdtrieb von den Mäusen geweckt wird und fressen sie nur bei großem Hunger oder um die erlegte Beute zu beseitigen. Das ergaben wissenschaftliche Studien, und das ist auch der Grund, warum es kein Katzenfutter mit Mäusegeschmack gibt.

Katzenhai

Die Eier des Katzenhais sind viereckig. An jeder Ecke befindet sich ein schwanzartiges Anhängsel, die der Mutter dazu dienen, ihre Eikapseln unter Wasser an einer Koralle aufhängen zu können, bis die Jungen schlüpfen.

Michael Keaton

Der richtige Name des amerikanischen Schauspielers Michael Keaton (bekannt durch die Batman-Filme) lautet Michael

Douglas. Da es aber schon einen sehr erfolgreichen Schauspieler dieses Namens gibt, nannte er sich Michael Keaton.

Kekshai

Der Kekshai (auch Zigarrenhai genannt) ist ein circa ein Meter langer Raubfisch, der Seehunde und andere Meeressäuger jagt, um ihnen blitzschnell ein kreisrundes Stück aus dem Fleisch zu beißen. Die in ihrer Form an einen Keks erinnernden Bisswunden haben dem Hai seinen kuriosen Namen eingebracht.

Kemlerzahl

Jedes Fahrzeug, das gefährliche Stoffe transportiert, muss mit orangen Warntafeln gekennzeichnet werden. Die Art der Gefahr wird mit einer Nummer, der so genannten Kemlerzahl, in der oberen Hälfte der Gefahrentafel angegeben. Bestehen mehrere potenzielle Gefahren, werden die Nummern kombiniert. Bei sehr großem Risiko wird die Ziffer verdoppelt. (Beispiele: 3 – Entzündbarkeit von flüssigen oder gasförmigen Stoffen, 6 – Gefahr durch Giftigkeit oder Ansteckung, 7 – Gefahr durch Radioaktivität).

Hape Kerkeling

Hape Kerkeling trat im Mai 2006 als Horst Schlämmer bei *Wer wird Millionär für Prominente* auf und schaffte es als erster Kandidat, Günther Jauch in die Rolle des Kandidaten zu drängen, indem er den Sitz des Moderators besetzte, da dieser Sessel besser für seine Rückenschmerzen sei. Gemeinsam mit Jauch erspielte er 500.000 € für einen wohltätigen Zweck.

Kermit der Frosch

Kermit der Frosch ist der einzige Darsteller, der sowohl in der Sesamstraße als auch in der Muppet-Show mitspielt.

Keyghost

In der Wirtschaftsspionage setzen inzwischen fast alle Industrienationen Keyghosts ein. Der Keyghost ist ein kleiner Adapter, der zwischen Tastatur und Computer gesteckt wird. Solchermaßen eingesetzt, zeichnet der Keyghost alle Tastatureingaben auf, ohne dass der PC-Benutzer irgendetwas davon bemerkt. Später kann er die gespeicherten Tastatureingaben auf einem beliebigen Computer wieder sichtbar machen.

Heinrich Kieber

Heinrich Kieber war ein Mitarbeiter der liechtensteinischen LGT Bank und vermutlicher Informant des Bundesnachrichtendienstes. Im Februar des Jahres 2008 wurde öffentlich bekannt, dass er der Unbekannte sein soll, der für 4,6 Millionen Euro mehrere DVDs mit den Kundendaten mutmaßlicher Steuerhinterzieher an den BND verkaufte und damit maßgeblich zur Aufdeckung dieser spektakulären Steueraffäre in Deutschland beitrug. Stimmen aus Geheimdienstkreisen behaupten aber, dass Kieber nicht die alleinige Quelle gewesen sein kann, da er bereits im Jahre 2002 nach einem ersten Versuch, die LGT mit gestohlenen Daten zu erpressen, entlassen wurde. Die deutschen Steuerbehörden verfügen aber über Unterlagen, die bis zum Jahr 2005 reichen. Heinrich Kieber könnte also bewusst als „der Informant" lanciert worden sein, um die eigentliche Quelle zu schützen.

Kiefernprachtkäfer

Der Kiefernprachtkäfer zeigt bei Waldbränden ein sehr ungewöhnliches Verhalten. Während alle anderen Tiere schleunigst die Flucht ergreifen, geht der Kiefernprachtkäfer zielstrebig in die entgegengesetzte Richtung. Er sucht gezielt Areale, in denen gerade erst Waldbrände gewütet haben, um dort seine Eier in das verkohlte Holz zu legen. Der Grund dafür ist einfach. Sämtliche Fressfeinde haben das Brandgebiet verlassen und seine Larven können sich dort dann in aller Ruhe entwickeln.

Kinderparlament

Die Schweizer Stadt Luzern hat ein Kinderparlament, in dem sich Kinder an den kommunalen Planungs- und Gestaltungsfragen beteiligen können. Dem Kinderparlament steht pro Jahr ein Budget von 20.000 Schweizer Franken zur Verfügung.

Kinderschokolade

Ein Kinderfoto von Günter Euringer, Autor des Buches *Das Kind der Schokolade*, zierte Jahrzehnte lang die Verpackung der Kinderschokolade von Ferrero.

Kiwi

Der Kiwi ist ein brauner ballförmiger Vogel. Er ist das heilige Tier der Maori und das

Wappentier Neuseelands. Er hat nur 4 bis 5 cm kleine Flügel und ist flugunfähig. Dafür kann er riechen, was Vögel normalerweise nicht können.

Kleiber

Der Kleiber ist der einzige mitteleuropäische Vogel, der einen Baumstamm mit dem Kopf voran herunterlaufen kann.

Jerzy Klempel

Der Pole Jerzy Klempel galt in den Achtzigerjahren als einer der besten Handballer der Welt. Er hält bis heute mit 19 erzielten Toren in einem einzigen Spiel den Rekord der 1. Handball Bundesliga. Er verstarb 2004 im Alter von 51 Jahren.

Kleine Waldameise

Die kleine Waldameise hat zwei Mägen. Der Nahrungserwerb bei den kleinen Waldameisen ist nicht auf das einzelne Individuum, sondern auf das ganze Volk ausgerichtet. Im zweiten Magen wird Nahrung für die spätere Weitergabe an Ameisen im „Innendienst" aufbewahrt.

Kleopatra

Kleopatra, die Königin von Ägypten und Geliebte des Julius Caesar, war keine Ägypterin, sondern stammte aus der Dynastie der Ptolemäer.
Sie war demnach von makedonisch-griechischer Herkunft.

Klaas Klever

Klaas Klever ist das einzige Mitglied des Entenhausener Milliardärsklubs, das keinen Zylinder, sondern eine Filzmelone als Kopfbedeckung trägt.

Klimakterische Früchte

Klimakterische Früchte sind Früchte, die nach der Ernte weiterreifen, wie Äpfel, Bananen oder Birnen.

Klippschliefer, Teil 1

Klippschliefer sind kaninchengroße Tiere (sie sehen so ähnlich aus wie Murmeltiere), die in den felsigen Gebieten Afrikas und Westasiens leben. Sie sind allein durch Muskelkraft in der Lage, die Mitte ihrer Fußsohle so einzuziehen, dass ein Vakuum entsteht, und können dadurch auch über sehr glatte Flächen laufen.

Klippschliefer, Teil 2

Klippschliefer senken nachts ihre Körpertemperatur um 4 Grad Celsius ab, um Energie zu sparen.

Klippschliefer, Teil 3

Klippschliefer können die Iris, den farbigen Muskelring um die Pupille des Auges, so weit verengen, dass sie stundenlang direkt in die Sonne sehen können, ohne dabei blind zu werden. Das kann ihr Leben retten, wenn ein Raubvogel im grellen Sonnenlicht angreift.

Heidi Klum

Heidi Klum hat die Goldkarte von McDonald's. Mit dieser Karte kann sie in jeder McDonald's-Filiale kostenlos essen.

Knochen

Der Mensch hat bei der Geburt über 300 Knochen, als Erwachsener aber nur noch 206. Das liegt daran, dass das Skelett eines neugeborenen Babys aus über 300 Knochen und Knorpeln besteht, die mit der Zeit teilweise zusammenwachsen und dabei immer fester und belastbarer werden.

Koala-Bär

Der Koala-Bär ist kein Bär, sondern ein Beuteltier.

Ronald Koeman

Der niederländische Fußballnationalspieler Ronald Koeman gilt als der torgefährlichste Abwehrspieler aller Zeiten. Er erzielte in 533 Erstligaspielen (unter anderem für den PSV Eindhoven und den FC Barcelona) 193 Tore.

Königin der Nacht

Die Königin der Nacht ist ein Kaktus aus Mittelamerika. Ihre Blüten duften nach Schokolade und Vanille.

Königstyrann

Der Königstyrann wird von den Indianern kleiner Häuptling genannt, weil der zierliche Vogel sogar sehr große Greifvögel angreift und in die Flucht schlägt.

Koffein

Zehn Gramm Koffein sind für einen Menschen tödlich, das entspricht in etwa der Menge von einhundert Tassen Kaffee.

Kohlrabi

Der Kohlrabi entstand aus einer Kreuzung aus wildem Kohl und der wilden weißen Rübe.

Kolibri

Der Kolibri ist der einzige Vogel, der auch rückwärts fliegen kann. Dafür kann er nicht zu Fuß gehen. Selbst die kürzesten Strecken muss er fliegen.

Komodowaran

Der Komodowaran fügt seiner Beute oftmals nur kleine Bisswunden zu und lässt sie dann weglaufen. Der Speichel eines Komodowarans besteht aus giftigem Bakterienschleim. Eine Wunde, die er einem anderen Tier zugefügt hat, heilt nie mehr und das Tier wird entweder verbluten oder an einer Blutvergiftung sterben. Der Komodowaran verfolgt seine Beute dann einfach und wartet ab. Australische Wissenschaftler beschäftigen sich intensiv mit diesem Bakterienschleim, da sie vermuten, dass er in entsprechender Dosierung ein Heilmittel sein könnte. Zum Schutz der vom Aussterben bedrohten Echsen wurde 1980 der Komodo-Nationalpark gegründet.

Jochen Koppel

Beim Kreispokalfinale zwischen Bad Soden und Altengronau im Jahre 2005 erzielte der Schiedsrichter den einzigen Treffer für Altengronau. Das Spiel stand 8:0 für Bad Soden, als sich Jochen Koppel in seinem letzten Spiel als Schiedsrichter den Ball schnappte und den Ehrentreffer für Altengronau zum 1:8 schoss.

Korallen

Korallen sind keine Pflanzen, sondern Tiere. Sie gehören zur Klasse der Blumentiere im Stamm der Nesseltiere. Nur die Feuerkorallen gehören zur Klasse der Hydrozoa. Korallen ernähren sich fast ausschließlich durch die Filtration von Plankton, Nährstoffen und Spurenelementen aus dem strömungsreichen Meerwasser.

Kotdung

Ein Koreaner meint seine Nase, wenn er von Kotdung spricht.

Koto

Das Koto ist ein japanisches Musikinstrument. Es ähnelt der bei uns bekannten Zither.

Kraken

Kraken gelten als äußerst gewitzte Tiere. Wie schlau sie sind, kann jeder Aquariumbesitzer selbst zu Hause ausprobieren. Anstatt den Tieren Muschelfleisch und anderes leckeres Futter direkt ins Wasser zu werfen, bietet man den Kraken das Futter in einem verschlossenen Marmeladenglas an. Es dauert nicht lange und die Tintenfische schrauben das Glas mit ihren Fangarmen auf und fressen den Inhalt auf.

Krankmeldung

Wenn ein Arbeitgeber Zweifel hat, ob ein krankgemeldeter Arbeitnehmer auch wirklich erkrankt ist, darf er durch den Einsatz eines Detektivs überprüfen lassen, ob die Krankheit nur vorgetäuscht ist. Je nach Lage des Einzelfalles kann der überführte Arbeitnehmer dann sogar verpflichtet sein, die Detektivkosten zu tragen. (Urteil des Bundesarbeitsgerichts vom 17. September 1998, Aktenzeichen 8 AZR 5/97)

Krebs bei Haien

Die Legende, dass Haie niemals an Krebs erkranken, stimmt nicht. Die George Washington University in St. Louis führt ein Krebsregister für verschiedene Tierarten. Bei Haien sind dort unter anderem Tumore im Gehirn, in den Nieren und in der Haut verzeichnet.

Kreuzspinne

Auf den Fäden eines Netzes der Kreuzspinne befinden sich kleine Tröpfchen, die wie getarnte kleine Kabeltrommeln funktionieren. Wenn die Beute ins Netz geflogen ist, entrollen sich die Kabeltrommeln blitzschnell und zurren sich danach sofort wieder zusammen und halten das gefangene Opfer fest.

Krötenechse

Wenn sich Krötenechsen bedroht fühlen, schließen sie die Augenlider und lassen sie anschwellen. Dann schießen sie aus den Augenwinkeln einen feinen Blutstrahl auf den Angreifer ab. Diese Fähigkeit ist in der Tierwelt zwar einzigartig, nützt aber im Ernstfall relativ wenig.

Krokodil, Teil 1

Krokodile benutzen eine ungewöhnliche Technik, um auch

unter Wasser gut sehen zu können. Die Augen des Krokodils verfügen über ein weiteres durchsichtiges Augenlid (Nickhaut), das sich vom inneren Augenwinkel her über den Augapfel zieht. Sie schützt das Auge und das Krokodil kann sich dadurch auch unter Wasser einigermaßen gut zurechtfinden.

Krokodil, Teil 2
Krokodile wachsen das ganze Leben lang. Ein Nilkrokodil ist mit zwanzig Jahren ungefähr zwei Meter lang, mit fünfzig Jahren fast sechs Meter. Die Geschwindigkeit des Wachstums stagniert jedoch mit zunehmendem Alter, der jährliche Längenzuwachs bei älteren Krokodilen beträgt nur noch wenige Zentimeter.

Krokodil, Teil 3
Krokodile liegen häufig mit offenem Maul in der Sonne, um die Blutegel, die an ihrer Zunge haften, auszutrocknen.

Kronkorken
Der übliche Kronkorken auf Getränkeflaschen hat weltweit genau 21 Zacken. Früher waren es 24 Zacken, aber mittlerweile sind die Flaschenhälse kleiner.

Kryptid
Ein Kryptid ist ein Tier oder eine Pflanze, deren Existenz nicht wissenschaftlich belegt wurde (z. B. der Yeti).

Kubanische Zwergboa
Die Kubanische Zwergboa stellt sich bei Gefahr tot. Sie legt sich aber nicht nur einfach scheinbar leblos hin, sondern ist auch in der Lage, einige spezielle Blutäderchen platzen zu lassen, wodurch sie aus dem Mund und der Nase blutet und ihre Augen rot anlaufen. Um die schauspielerische Leistung perfekt zu machen, verströmt sie noch eine nach verfaulendem Aas stinkende Flüssigkeit.

Küssen
Die meisten Menschen legen ihren Kopf beim Küssen auf die rechte Seite. Dieses Verhalten ist angeboren. Schon im Mutterleib wird entschieden, ob wir den Kopf lieber nach links oder nach rechts neigen. Dementsprechend bevorzugen wir beim Treppensteigen auch das rechte

Bein oder beim Blick durch eine Kameralinse das linke Auge.

Küstentaipan

Der Küstentaipan (oft auch nur Taipan genannt) ist die größte Giftschlange Australiens. Sein Gift ist etwa siebenmal giftiger als das einer Indischen Kobra. Viele Schlangenexperten halten den Taipan für die gefährlichste Schlange der Erde, da er neben seiner Größe von durchschnittlich zwei Metern auch noch ungewöhnlich schnell, stark und aggressiv ist.

Kugelschreiberflecken

Kugelschreiberflecken auf Kleidungsstücken kann man mit Haarspray entfernen. Das Lösungsmittel im Haarspray löst die Farbpigmente und der Fleck lässt sich auswaschen.

Kurkumawurzel

Die Kurkumawurzel ist ein Hauptbestandteil des Currys. Sie ist für seine gelbe Färbung verantwortlich. Fehlt sie, so hat der Curry eine andere Farbe (zum Beispiel grün).

Kymogramm

Ein Kymogramm ist ein Röntgenbild von sich bewegenden Organen wie dem Herz.

L

Oskar Lafontaine

Oskar Lafontaine hat einen Zwillingsbruder. Er heißt Hans Lafontaine. Beide wurden am 16. September 1943 in Saarlouis-Roden geboren.

Lamborghini

Der italienische Sportwagenhersteller Lamborghini produzierte ursprünglich sehr erfolgreich Traktoren. Erst 1962 begann die Firma mit der Entwicklung von Sportwagen.

Langerhansschen-Inseln

Die Langerhansschen-Inseln befinden sich in der Bauchspeicheldrüse.

Laryphary

Das Laryphary-Spray ist ein Gleitmittel, das in der Medizin verwendet wird.

Laserdrucker

Um die Produktion von Falschgeld zu bekämpfen, haben sich fast alle großen Hersteller von Laserdruckern und Farbkopierern bereiterklärt, in ihre Produkte ein Sicherheitssystem einzubauen. Jeder Ausdruck ist mit einem einzigartigen Muster aus winzigen gelben Punkten versehen. Für das menschliche Auge ist er unsichtbar, doch unter dem Mikroskop verrät der Punktcode den Spezialisten der Strafverfolgungsbehörden erstaunliche Details wie die Seriennummer des Gerätes und das genaue Druckdatum, auf dem etwa ein falscher Geldschein gedruckt wurde. Dadurch können die Fahnder den Besitzer des Druckers leichter ermitteln.

Laserlicht

Ein Laserpointer mit grünem Licht kann einen roten Luftballon zum Platzen bringen. Der Ballon absorbiert die grünen Lichtstrahlen und reflektiert nur die roten Lichtstrahlen. Dadurch wird der Luftballon sehr heiß und platzt.

---

las esposas

Das spanische Wort las esposas

bedeutet die Ehefrauen, aber auch die Handschellen.

Latte macchiato
Der Begriff Latte macchiato bedeutet wörtlich übersetzt gefleckte Milch.

Lebendiger Schwangerschaftstest
Der auch als Apothekerfrosch bekannte Krallenfrosch wurde noch bis Ende der Sechzigerjahre als lebendiger Schwangerschaftstest eingesetzt. Frauen, bei denen möglicherweise eine Schwangerschaft vorlag, brachten dem Apotheker ihren Morgenurin, von dem dann einem jungen Krallenfroschweibchen etwas unter die Haut in den dorsalen Lymphsack gespritzt wurde. Enthielt der Urin ausreichende Mengen des Schwangerschaftshormons Choriongonadotropin, legten die weiblichen Frösche nach spätestens zwei Tagen Eier ab und die werdende Mutter konnte sich auf Nachwuchs freuen.

Lebenserwartung
Die durchschnittliche Lebenserwartung eines Mannes betrug im Jahr 1905 44 Jahre, 2003 fast 76 Jahre.

Lebensmittel mit dem Anfangsbuchstaben U
Lebensmittel, deren erster Buchstabe ein U ist, sind sehr schwer zu finden.

Lebensplanung
„Lebe dein Leben so, wie du deine Kinder gern das ihre gestalten sähest."
(David Levine)

Leere Versprechungen
„Ich mache nicht nur leere Versprechungen, ich halte mich auch daran."
(Edmund Stoiber)

Jens Lehmann
Der deutsche Torhüter Jens Lehmann hatte beim Elfmeterschießen im Viertelfinale der Fußball-WM 2006 gegen Argentinien einen Spickzettel unter seinem rechten Stutzen versteckt, auf dem angeblich die bevorzugten Ecken der argentinischen Elfmeterschützen standen. Vor dem entscheidenden Elfmeter holte er den Spickzettel heraus,

las ihn durch, versteckte ihn wieder unter dem Stutzen, hielt den Elfmeter von Esteban Cambiasso und Deutschland stand im Halbfinale.

Lemniskate

Der Begriff Lemniskate bezeichnet das Unendlichkeitssymbol.

Lemuren

Lemuren zählen zur Unterordnung der Feuchtnasenaffen und sind auf der Insel Madagaskar zu Hause. Vor Kurzem machten britische Forscher ein aufschlussreiches Experiment mit ihnen. Die Tiere sollten anzeigen, unter welchem Hütchen eine Nuss lag. Jede richtige Antwort wurde mit der Nuss belohnt. Keiner der Lemuren machte einen Fehler. Im zweiten Teil des Experiments aß der Leiter der Forschungsgruppe die Nuss, wenn das Hütchen korrekt angezeigt wurde. Plötzlich konnte sich keiner der Affen erinnern, wo genau die leckere Belohnung lag. Sie machten ratlose Gesichter, schauten aus dem Fenster oder untersuchten ihr Fell, kurz gesagt, sie haben gelogen!

Donna Leon

Die Romane der erfolgreichen Schriftstellerin Donna Leon (der Held ihrer Kriminalromane ist Commissario Brunetti) spielen in Venedig. Dennoch erscheinen ihre Bücher in Italien auf ihren ausdrücklichen Wunsch hin nicht, da die Autorin selbst in Venedig lebt und dort ihre Ruhe haben möchte.

Leopard

Der Leopard wendet eine einzigartige Methode der Beutesicherung an. Er schleppt seine Beute auf einen Baum, um sie dort vor anderen Raubtieren wie Löwen oder Hyänen zu verstecken.

Doris Lessing

Die britische Schriftstellerin Doris Lessing erhielt 2007 den Nobelpreis für Literatur. Ihren deutschen Nachnamen verdankt sie ihrem zweiten Ehemann Gottfried Lessing, dem Onkel des Politikers Gregor Gysi. Irene Gysi, die Mutter von Gregor Gysi, war die Schwester Gottfried Lessings.

Libyen

Die Nationalflagge von Libyen

ist einfach nur grün. Man findet auf ihr keine anderen Farben und auch keine Symbole.

Lidl

Der Unternehmer Dieter Schwarz kaufte dem pensionierten Berufsschullehrer Ludwig Lidl für DM 1.000 die Namensrechte ab und sicherte sich so die Nutzung des Namens Lidl für seine Supermarktkette Lidl.

Lieblingsteller

Viele Menschen haben eine Lieblingstasse, aus der sie jeden Morgen ihren Frühstückskaffee trinken. Aber so gut wie niemand hat einen Lieblingsteller, von dem er jeden Tag isst.

Linksverkehr

In Malta, Hongkong und Indien ist Linksverkehr für Fahrzeuge üblich.

Linsengericht

Die Gemeinde Linsengericht (Postleitzahl 63589) liegt bei Gelnhausen in der Nähe von Hanau in Hessen.

LL Cool J

LL Cool J ist ein amerikanischer Rapper. Die Abkürzung LL Cool J bedeutet Ladies Love Cool James.

Löcher im Käse

Die Löcher im Käse entstehen durch Propionsäuregärung.

Jonah Lomu

Der Neuseeländer Jonah Lomu gilt als einer der besten Rugbyspieler aller Zeiten. Er sorgte mit seinem Stil und vor allem mit seiner überragenden Schnelligkeit für Furore. So lief er zu seinen besten Zeiten trotz etwa 125 kg Körpergewicht und 1,96 Meter Körpergröße die 100 m in 10,8 Sekunden und konnte die gegnerischen Abwehrreihen dadurch oft durchbrechen.

Tom und Eileen Lonergan

Tom und Eileen Lonergan waren zwei amerikanische Urlauber, die bei einem Tauchgang am Great Barrier Riff vor Queensland (Australien) von ihrem Tauchboot vergessen wurden. Als der Fehler 48 Stunden später bemerkt wurde, eilten Rettungstrupps zur Bergung der beiden

Taucher los. Doch Tom und Eileen blieben für immer verschwunden. Auf dieser wahren Begebenheit basiert der Kinofilm *Open Water*.

Lord of the Dance

Seine ersten Tanzschritte machte der junge Michael Flatley unter der Anleitung seiner Großmutter Hannah Ryan. Um seiner großen Verehrung für sie Ausdruck zu verleihen, bleibt bis heute bei jeder Aufführung seiner Tanzshow *Lord of the Dance* ein Platz in der ersten Reihe für sie frei.

Lorenzinische Ampullen

Kein Tier ist in der Lage, seine bioelektrischen Felder zu verbergen, da jedes Lebewesen durch Muskelkontraktion geringe elektrische Spannungen abgibt. Auch ein ruhendes Tier setzt durch das Pumpen des Herzens schwache elektrische Spannungen frei. Haie sind mit hoch entwickelten Sensoren für elektrische Felder ausgerüstet, den Lorenzinischen Ampullen. Diese Lorenzinischen Ampullen, die sich vor allem in der Schnauzenregion befinden, sind winzige Elektrorezeptoren, mit denen die Haie auch auf große Entfernungen die elektrischen Potenziale, die von Menschen und Tieren ausgehen, präzise lokalisieren können. Selbst ein im Sand vergrabenes Beutetier kann der Hai mithilfe dieses erstaunlichen Sinnesorganes ausfindig machen.

Lotto

Die Aufteilung der Einnahmen der staatlichen Lotterie findet folgendermaßen statt: 50 Prozent gehen als Gewinnausschüttung an die Spieler, für die Verwaltung werden 2,8 Prozent verwendet, 7,5 Prozent sind Provision für die Annahmestellen, weitere 16,7 Prozent gehen als Lotteriesteuer an die Bundesländer und 23 Prozent werden vom Staat als zweckgebundene (Förderung von Sport, Kultur, Umwelt, Jugend) Konzessionsabgaben vereinnahmt.

LSD

Verabreicht man Kröten oder Wassermolchen bei wissenschaftlichen Untersuchungen die Droge LSD, entfärbt sich danach ihre Haut. Mäuse greifen unter der Wirkung von LSD jeden Gegenstand an, der sich vor ihnen befindet. Und Ziegen folgen unter dem Einfluss von LSD in ihrem Gang geometrischen Mustern wie Achten oder Quadraten.

Lügen

Erfahrene Kriminalpsychologen sind in der Lage zu erkennen, ob ein Verdächtiger lügt. Es gibt äußerlich sichtbare Anzeichen, anhand derer man erkennen kann, ob jemand die Unwahrheit sagt. Diese Signale sind allerdings unbewussten Verhaltensweisen bei Stress sehr ähnlich und unterscheiden sich zudem von Mensch zu Mensch. Folgende Handlungen können Anzeichen einer Lüge sein: größere Pupillen, Meidung von Augenkontakt zum Gesprächspartner, häufiges Augenblinzeln, Arme verschränken, Arme und Beine werden kaum bewegt, Kratzen im Gesicht, Rötung des Gesichtes, unbewusstes Lecken der Lippen, längeres Überlegen nach Fragen, übertriebenes Verhalten, Veränderung der Sprache, Unterschied Körpersprache und Inhalt des Gesagten.

Lügenmuseum

Im Lügenmuseum im brandenburgischen Kyritz kann man die Originaltöne vom Untergang der Titanic aus einem alten Radio gluckern hören.

Lunula

Der Fachausdruck für den Mond der Fingernägel lautet Lunula.

Lykanthrop

Ein Lykanthrop ist ein Mensch, der davon ausgeht, dass er sich bei Vollmond in einen Werwolf verwandeln kann.

Lyon

Die Stadtverwaltung von Lyon ließ im November 2003 überall in der Stadt Hundekot aus Plastik auslegen, um die Hundehalter an eine neue Verordnung zu erinnern, die Hundebesitzer dazu verpflichtet, den Kot ihrer Tiere zu beseitigen.

M

Macht
Die Zeitschrift *Wirtschaftswoche* hat im Mai 2006 die zehn Gebote der Macht veröffentlicht: den Chef nicht in den Schatten stellen, nicht zu viel reden, Ziele verheimlichen, dich rar machen, dir einen Namen machen, alles leicht aussehen lassen, auch nur scheinbare Optionen bieten, Unglücke vermeiden, dich fehlbar zeigen, dich nicht gemein machen.

Macker
Einen kastrierten Esel nennt man Macker.

Tim Mälzer
Der Star-Koch Tim Mälzer ist Mitinhaber des Restaurants *Das Weiße Haus* in Hamburg. Seine Gäste kommen montags besonders gerne zu ihm, da sie an diesem Tag selbst entscheiden dürfen, wie viel sie für ihr Essen zahlen möchten.

Männermacken
Diese Männermacken nerven die Frauen am meisten: rüpelhafter Fahrstil, Vergessen von wichtigen Jahrestagen, dreckige Unterwäsche auf dem Boden liegen lassen, Waschbecken nach dem Rasieren nicht ordentlich von den Bartstoppeln reinigen, schlechte Tischmanieren, Geiz, übermäßiger Alkoholkonsum und Angeberei.

März
Der März beginnt immer mit demselben Wochentag wie der November.

Mafia
Die Insel Mafia (518 Quadratkilometer Fläche) liegt im Indischen Ozean vor der Küste Sansibars.

Wolfgang Magath
Der Fußballtrainer Felix Magath heißt eigentlich Wolfgang Magath. Er hat seinen zweiten Vornamen zu seinem ersten gemacht.

Magenschleimhaut
Der menschliche Magen produziert alle 14 Tage eine neue Schleimhaut.

Mainzelmännchen

Die sechs Mainzelmännchen sind der nimmersatte Anton, der fleißige Berti, der musische Conni, der schlaue Det, der schelmische Edi und das sportliche Fritzchen.

Mak

Die Fotografin Vanessa von Zitzewitz hat vier Jahre lang für jeweils zwei Monate den Alltag von Straßenkindern in Bangkok mit der Kamera begleitet und darüber das Buch „Slaughterhouse Angels“ veröffentlicht. Viele der Kinder werden kaum älter als vier bis fünf Jahre, da sie bereits von Geburt an mit Aids infiziert sind. Vanessa von Zitzewitz entwickelte in dieser Zeit eine enge Beziehung zu den Kindern. Als der vierjährige Waisenjunge Mak sah, dass sie weinte, lief er los und kam gleich wieder zurück. Er hatte seinen Teddybär geholt und gab ihn der Fotografin, um sie zu trösten. Dieser Teddybär war der ganze Besitz des Jungen, trotzdem schenkte er ihn ohne Zögern her.

Heike Makatsch

Die Schauspielerin Heike Makatsch ist die Tochter des früheren deutschen Eishockeynationaltorwarts Rainer Makatsch.

Malula

Die Einwohner des Dorfes Malula in Syrien sprechen neuwestaramäisch.
Neuwestaramäisch ist die Sprache, die Jesus Christus gesprochen haben soll.

Mangrovenreiher

Der Mangrovenreiher ist ein raffinierter Jäger. Er fängt Fische, indem er kleine Zweige ins Wasser wirft. Sobald die Beute nach dem Köder schnappt, schlägt der Mangrovenreiher zu.

Manhattan

Der Name des New Yorker Stadtteils Manhattan entstammt der Indianersprache Algonkin und bedeutet übersetzt so viel wie „der Ort der Vergiftung“.

Mannheim

In der Innenstadt von Mannheim haben die Straßen bis heute keine Straßennamen. Ortsunkundige können sich dort aber trotzdem gut zurechtfinden, da jeder Häuserblock mit einem Buchstaben und einer Zahl (zum Beispiel: C4) gekennzeichnet ist.

Manometer

Ein Manometer ist eine Vorrichtung zum Messen des Drucks von Gasen und Flüssigkeiten.

Marlboro Man

Wayne McLaren, der wohl berühmteste Darsteller des Marlboro Man, starb 1992 im Alter von 49 Jahren an Lungenkrebs.

Bob Marley

Der Vater der jamaikanischen Reggaelegende Bob Marley war ein Weißer, Norval Sinclair Marley, ein Offizier der englischen Armee.

Marmor, Stein und Eisen bricht

Der Songtext des Schlagers *Marmor, Stein und Eisen bricht …* ist nicht korrekt. Eigentlich müsste es Marmor, Stein und Eisen brechen … heißen. Das hätte sich aber nicht so schön gereimt. Wegen dieses falsch gebeugten Verbs dufte das Lied 1965 im Freistaat Bayern nicht öffentlich gespielt werden.

Mars und Murrie

Eine sehr beliebte Süßigkeit sind die *M & Ms*, Erdnüsse in Milchschokolade mit Zuckerüberzug. Die Abkürzung *M & Ms* bedeutet Mars und Murrie. Forrest E. Mars und Bruce Murrie waren die Gründer der Firma.

Marszeit

Luft- und Raumfahrtbehörden wie die NASA haben Uhren herstellen lassen, die jeden Tag genau 37 Minuten und 22 Sekunden nachgehen. Eine Rotationsperiode des Mars dauert genau 24 Stunden, 37 Minuten und 22 Sekunden. Da den Raumfahrtbehörden die Umrechnung auf unsere Zeitrechnung zu umständlich war, zeigen diese Uhren die genaue Marszeit an.

Karl Marx

Karl Marx liegt in London auf dem Highgate Cemetery begraben.

Joachim Masannek

Joachim Masannek, der Autor der erfolgreichen Kinderbuchreihe *Die Wilden Fußballkerle*, ist nebenbei auch Trainer der echten Fußballmannschaft *Die Wilden Kerle* in München.

Matador

Das spanische Wort Matador bedeutet der Töter.

Lothar Matthäus

Im Jahr 1991 wurde zuletzt ein Deutscher zum FIFA-Weltfußballer des Jahres gewählt. Der Gewinner war Lothar Matthäus.

Maultier

Ein Maultier ist eine Kreuzung zwischen einem Eselhengst und einer Pferdestute. Ein Maulesel ist eine Kreuzung zwischen einem Pferdehengst und einer Eselstute.

Mausefalle

Die Mausefalle ist ein Kriminalroman von Agatha Christie und wird in London seit über 40 Jahren jeden Abend sehr erfolgreich als Theaterstück aufgeführt. Die Handlung läuft wie folgt ab: Molly und Giles Davis haben ihr Anwesen Monkswell Manor in eine Pension umgewandelt und freuen sich auf ihre ersten Gäste. Kurz nach deren Eintreffen wird das Haus bei einem Schneesturm eingeschneit und von der Außenwelt völlig abgeschnitten. Nur der Polizist Sergeant Trotter kann sich noch zu dem Haus durchschlagen und warnt die Anwesenden vor einem gefährlichen Mörder, der sich unter ihnen befinden soll und bald darauf auch schon erbarmungslos zuschlägt … Nach jeder Vorstellung stellt sich dann einer der Schauspieler auf die Bühne und bittet das Publikum, die verblüffende Lösung nicht zu verraten, damit das Stück weiter aufgeführt werden kann.

Karl May

Der deutsche Schriftsteller Karl May (*Winnetou I–III, Der Schut* …) wurde als junger Mann mehrmals wegen Diebstahls, Betrugs und Hochstapelei verurteilt. Von 1870 bis 1874 saß er im Zuchthaus Waldheim ein. Später erreichten seine Abenteuerromane eine Gesamtauflage von über 200 Millionen verkauften Exemplaren.

Madeleine McCann

Das am 03. Mai 2007 in Portugal verschwundene vierjährige

Mädchen Madeleine McCann hat ein unverwechselbares Kennzeichen, ein ungewöhnliches Mal (Kolobom) im rechten Auge, das sich ausgehend von der Pupille durch die Iris nach unten zieht.

McDonald's

Die erste McDonald's-Filiale in Deutschland eröffnete 1971 in der Martin-Luther-Str. 26, München-Obergiesing.

Timothy McVeigh

Der für seinen Bombenanschlag auf das Murrah Federal Building in Oklahoma City zum Tode verurteilte Timothy McVeigh vertilgte als Henkersmahlzeit vor seiner Hinrichtung am 11. Juni 2001 einen Liter Pfefferminzschokoladeneis.

Medizinstudenten

Bill Murray, Jörg Pilawa und Giorgio Armani haben alle mal Medizin studiert.

Mehrheiten

Der Schriftsteller James Thurber schrieb die kurze Fabel *Die ziemlich intelligente Fliege.* Eine große Spinne in einem alten Haus hatte ein schönes Netz gesponnen, um darin Fliegen zu fangen. Jedes Mal wenn eine Fliege in ihrem Netz landete und sich verfing, fraß die Spinne sie auf, damit die nächste Fliege den Eindruck bekäme, das Netz sei ein ruhiges, angenehmes Plätzchen. Eines Tages jedoch summte eine ziemlich intelligente Fliege so lange über dem Netz herum, ohne zu landen, dass sich die Spinne schließlich zeigte und sagte: „Komm runter und setz dich." Aber die Fliege war zu schlau für die Spinne. Sie sagte: „Ich lande nirgendwo, wo ich keine anderen Fliegen sehe, und in diesem Haus sehe ich keine anderen Fliegen." Also flog sie weiter, bis sie an eine Stelle kam, wo sehr, sehr viele Fliegen beisammensaßen. Gerade wollte sie sich zu ihnen setzen, als eine Biene vorbeibrummte und sagte: „Obacht, Schwachkopf! Das ist ein Fliegenpapier! Die Fliegen sitzen alle in der Falle." – „Dummes Zeug", sagte die Fliege, „sie tanzen!" Dann setzte sie sich und blieb an dem Fliegenpapier kleben wie alle anderen. Merke: Auf Mehrheiten ist kein Verlass – und auch auf sonst nichts.

Mehrwertsteuer

Wenn ein Kunde in einem Fast-Food-Restaurant seinen Hamburger im Lokal isst, muss der Betreiber den vollen Mehrwertsteuersatz abführen. Nimmt der Kunde den Hamburger dagegen mit, sind nur 7 Prozent ermäßigte Mehrwertsteuer (Umsatzsteuer) fällig. Deshalb wird jeder Kunde gefragt, ob er im Restaurant essen will oder ob er seine Speisen mitnehmen möchte.

Meier

Der Name Meier (egal in welcher Schreibweise) kommt im Norden und im Süden Deutschlands sehr häufig vor, während er in der Mitte Deutschlands eher selten ist. Das liegt daran, dass der Name auf den mittelalterlichen Beruf des Maiores zurückgeht. Die Maiores waren vom Adel mit der Bewirtschaftung des Hofs und der Eintreibung der Abgaben beauftragt. Den Maior nannte man in der Mitte Deutschlands aber Hofmann. Hofmann, der Mann, der für den Hof zuständig ist. Deshalb gibt es in Mitteldeutschland viele Menschen namens Hofmann und nur wenige, die den Namen Meier tragen.

Meldepflicht

In Großbritannien gibt es keine polizeiliche Meldepflicht. Dort kann man also, wenn man denn möchte, sehr gut untertauchen. Besonders häufig nutzen das überraschenderweise aber nicht gesuchte Kriminelle, sondern unterhaltspflichtige Männer.

Juan Melendez

Der Puerto Ricaner Juan Melendez saß über 17 Jahre unschuldig im Gefängnis im Todestrakt und wartete auf seine Hinrichtung. Ihm wurden ein bewaffneter Raubüberfall und der Mord an einem Kosmetiksalonbesitzer in Florida vorgeworfen. Schließlich kam ein Tonband ans Tageslicht, auf dem der echte Täter seine Schuld eingestand, und Melendez wurde freigelassen.

Melonen

Melonen enthalten sämtliche Vitamine, Mineralstoffe und Spurenelemente, die es gibt.

Memory-Metalle

Bestimmte Legierungen, die als Memory-Metalle bezeichnet werden, merken sich ihre ursprüngliche Form und nehmen sie beim Erwärmen wieder an. Am verbreitetsten ist Nitinol, eine Legierung aus 55 Prozent Nickel und 45 Prozent Titan. Bei Raumtemperatur kann man es in eine beliebige Form biegen, doch sobald es über 50 Grad Celsius erwärmt wird, nimmt es wieder seine ursprüngliche Gestalt an. In Scherzartikelläden gibt es beispielsweise Löffel zu kaufen, die aus diesem Material hergestellt wurden und sich im heißen Kaffee zu den merkwürdigsten Formen verbiegen.

Mensch ärgere dich nicht

Josef Friedrich Schmidt, der Erfinder des Gesellschaftsspiels *Mensch ärgere dich nicht*, schickte während des Ersten Weltkrieges 3.000 Spiele an Lazarette, in denen sich die Soldaten ihre Langweile mit *Mensch ärgere dich nicht* vertreiben sollten. Durch die daraus folgende Mundpropaganda gelang es in kürzester Zeit, über eine Million der Spiele zu verkaufen.

Angela Merkel

Die deutsche Bundeskanzlerin Angela Merkel hat ein Einserabitur und einen Abschluss als Diplom-Physikerin.

Messerabwehr

In den USA kann man Messer mit stumpfer Klinge kaufen, die bei einer Berührung mit der Klinge Stromschläge verteilen. Diese Messer werden von Kampfsportlern dazu benutzt, realistische Techniken gegen Messerangriffe zu trainieren.

Michel

Der Michel aus Lönneberga aus den Kinderbüchern von Astrid Lindgren heißt in Schweden eigentlich Emil. Da der Verlag eine Verwechslung mit dem Emil von Erich Kästner (Emil und die Detektive) befürchtete, wurde er in Deutschland kurzerhand Michel genannt.

Rudi Michel

Der Fußballreporter Rudi Michel konstatierte 1966: „Die Engländer haben zwar das Fair Play erfunden, aber nicht jeder Engländer weiß das."

Mickey Maus

Die Ohren von Mickey Maus zeigen in den Comics immer nach vorne zum Leser, völlig egal, wo Mickey gerade hinsieht.

Milka

Der Name Milka der berühmten Milka-Schokolade ist eine Abkürzung für die beiden wichtigsten Zutaten, Milch und Kakao.

Millionenstädte

Deutschland hat nur drei Millionenstädte: Berlin, Hamburg und München (gezählt wurden die Erstwohnsitze, Oktober 2007).

John Milz

John Milz war der Gewinner der ersten *BIG-BROTHER*-Staffel in Deutschland.

Mimic Octopus

Der 2001 zum ersten Mal dokumentierte Tintenfisch Mimic Octopus ist in der Lage, andere Lebewesen des Meeres durch Form- und Farbveränderung perfekt zu imitieren.

Mithridatismus

Als Mithridatismus bezeichnet man eine durch Gewöhnung des Körpers erworbene Giftimmunität.

Mitsubishi

Das legendäre Kampfflugzeug Zero (A6M), das die Japaner im Zweiten Weltkrieg einsetzten, wurde von der Firma Mitsubishi gebaut.

Mobiler Taxiruf

Die bundesweit gültige Taxirufnummer vom Handy aus lautet 22456.

Moby

Herman Melville ist der Autor des Bestsellers *Moby Dick*. Der Musiker Moby heißt bürgerlich Richard Melville Hall und ist der Ururgroßneffe von Herman Melville.

Mördersuche mit Gedicht

Das gab es wohl auch in Großbritannien noch nie. In der Neujahrsnacht 2006 hatte der 32-jährige Schotte Paul Kelly den Jahreswechsel in der Kneipe Longacre Tavern in Bath gefeiert. In derselben Nacht wurde er vor dem Lokal von einem unbekannten Täter mit einem Messer erstochen. Die Polizei ist sich sicher, dass die Tat von mehreren anderen Gästen beobachtet worden sein muss, aber trotz der ausgesetzten Belohnung von 15.000 € meldete sich niemand. Nur wenige Tage später wurden dann aber die ersten Kopien eines anonymen Gedichts an Bushaltestellen und Straßenlaternen entdeckt. In genau 35 Zeilen schilderte der Verfasser, wie sich die Tat zugetragen hat. Er gab dabei auch einen Hinweis, wo die Tatwaffe zu finden ist (im Fluss Avon) und nannte den Namen des Mörders.

Moldawien

Die Moldawier sprechen moldawisch. Die Rumänen sprechen rumänisch. Die beiden Sprachen sind nahezu identisch.

Mona Lisa

Die Mona Lisa (La Gioconda) hat weder Augenbrauen noch Wimpern. Einige Kunstexperten vermuten deshalb, dass Leonardo da Vinci das Bild noch gar nicht ganz fertiggestellt hatte. Als man 1953 die erste Röntgenaufnahme des Bildes machte, stellte man fest, dass die früheren Skizzen ganz anders aussahen.

Mond

Da es auf dem Mond weder Wind noch Regen gibt, sind die Fußabdrücke der Astronauten dort für immer sichtbar.

Marilyn Monroe

Die Schauspielerin Marilyn Monroe wurde nur 36 Jahre alt. Sie starb in der Nacht vom 4. auf den 5. August 1962 an einer Überdosis Schlafmittel. Die Umstände ihres Todes blieben bis heute mysteriös. So hatte sie noch den Telefonhörer ihres Telefons in der Hand, als ob sie noch jemanden anrufen wollte. Auf ihrer Telefonrechnung fehlten die Nachweise der Anrufe, die sie in jener Nacht getätigt hatte. Ihr Tagebuch verschwand spurlos, genauso wie einige Beweismittel der Obduktion.

Monster von Florenz

Der gefährliche Serienkiller *Das Monster von Florenz* wurde nie gefasst. Er mordete von 1968 über mehrere Jahrzehnte, bis Mitte der Neunzigerjahre der Landwirt Pietro Pacciani als vermeintliches Monster von Florenz verhaftet wurde. Pacciani musste allerdings 2 Jahre später aus Mangel an Beweisen wieder freigelassen werden. Das bedeutet, falls der Mörder noch lebt, ist er auch heute noch auf freiem Fuß.

Monster von Rufiji

Das Monster von Rufiji, ein menschenfressender Löwe, tötete in den Jahren 2003 und 2004 in Tansania über ein Dutzend Menschen. Nachdem Wildhüter den Löwen erlegen konnten, wurde er eingehend untersucht. Dabei kam schnell ans Tageslicht, warum er zum Menschenfresser wurde. Er hatte stark vereiterte Zähne und konnte deshalb kaum noch zubeißen. Nach Ansicht der Experten hatte er deshalb die Jagd auf Wildtiere aufgegeben und sich auf die wesentlich leichter zu erlegende Beute Mensch spezialisiert.

Moringabaum

Den zerstoßenen Samen des Moringabaumes kann man zur Reinigung von Wasser verwenden. Nur ein Samenkorn genügt, um einen ganzen Liter Wasser zu säubern. Dieser natürliche Wasserreiniger wird vor allem in Afrika eingesetzt, um verschmutztes Wasser einfach und kostengünstig in Trinkwasser zu verwandeln.

Giorgio Moroder

Der Musikproduzent Giorgio Moroder ist der Neffe von Luis Trenker.

Morologie

Morologie ist die Wissenschaft von der Dummheit. Deshalb sollte es Sie nachdenklich machen, wenn sich ein Morologe mit Ihnen beschäftigen möchte.

Mottenaugen

Die Augen einer Motte sind ein ausgeklügelter Speicher für Sonnenenergie. Jedes Auge ist mit feinen Stäbchen übersät, und diese Strukturen ermöglichen es, dass nahezu alles einfallende Licht aufgenommen und so gut wie kein Licht reflektiert wird. Diese unterdrückte Lichtreflexion schützt die Motten vor Fressfeinden, die das reflektierte Licht in den Augen entdecken könnten. Nach dem Vorbild der Mottenaugen wurden alsbald Glasflächen entwickelt, die nicht spiegeln und dadurch effizienter Strom erzeugen können als alle bisher bekannten Solarzellen.

Mozart

Mozart wurde auf den Namen Johannes Chrysostomos Wolfgangus Theophilus Mozart getauft. Der Name Wolfgang Amadeus Mozart wurde erst im 20. Jahrhundert von Plattenfirmen und Radiosendern durchgesetzt.

MTV

Das erste Video, das 1981 auf dem damals neu gegründeten Musiksender MTV gezeigt wurde, war *Video Killed The Radio Star* von den Buggles.

Münnerstadt

Der Friedhof in Münnerstadt ist der einzige europäische Lehrfriedhof für Bestatter. Dort kann man den Ausbildungsberuf Bestattungsfachkraft erlernen oder sich zum Bestattermeister weiterbilden.

Andreas Münzer

Der österreichische Bodybuilder Andreas Münzer (World Games Sieger 1989 in der Klasse bis 90 kg) starb 1996 im Alter von nur 31 Jahren. Todesursache war multifunktionales Organversagen infolge jahrelangen Dopings. Am 13. März 1996, wenige Tage nach einem Profiwettkampf wurde Münzer aufgrund starker Magenschmerzen in ein Krankenhaus eingeliefert. Man diagnostizierte eine Blutung im Bauchraum, die im Rahmen einer Operation gestillt werden konnte. Andreas Münzer starb noch in derselben Nacht an multifunktionalem Organversagen. Laut dem Obduktionsbericht fand man in seiner Leber tischtennisballgroße Tumore, wie sie von anderen Anabolikamissbrauchsfällen bekannt sind. Die andere Hälfte der Leber bestand nur noch aus einer bröseligen Masse. Zusätzlich wurde noch eine akute Vergiftung festgestellt, die vermutlich auf die Einnahme eines Aufputschmittels zurückzuführen war.

Benito Mussolini

Der italienische Diktator Benito Mussolini schickte der italienischen Mannschaft vor dem Finale der Fußballweltmeisterschaft 1938 ein kurzes Telegramm, in dem stand: „Gewinnen oder sterben." Italien gewann mit 4:2.

Muttertag

In Deutschland ist immer am

zweiten Sonntag im Mai Muttertag.

Mutter Teresa
Mutter Teresa wurde in Skopje, der heutigen Hauptstadt Mazedoniens, geboren.

N

Nachrichtensprecher
„Nachrichtensprecher fangen stets mit einem Guten Abend an und brauchen dann 15 Minuten, um zu erklären, dass es kein guter Abend ist.“
(Rudi Carrell)

Nadeln
Die Einfädelhilfen an den Schnürsenkeln nennt man im Fachjargon Nadeln.

Rafael Nadal
Der Weltklasse-Tennisspieler Rafael Nadal spielt mit der linken Hand, obwohl er Rechtshänder ist.

Xavier Naidoo
Der zweite Vorname des Sängers Xavier Naidoo lautet Kurt.

Napalmbomben
Das Heimtückische an einer Napalmbombe ist, dass man sie nur sehr schwer löschen kann. Spezielle Zusätze haben zur Folge, dass Napalm erst dann aufhört zu brennen, wenn der umliegende Sauerstoff in der Luft fast vollkommen aufgebraucht ist.

Narben
Die Haut des Menschen erneuert sich zwar ständig, trotzdem bleiben Narben für immer. Läsionen der Oberhaut heilen folgenlos ab, falls aber auch die Lederhaut verletzt wurde, entsteht eine Narbe.

John Forbes Nash
Der 1928 in West Virginia geborene Mathematiker John Forbes Nash erkrankte mit 30 Jahren an paranoider Schizophrenie und war regelmäßig Patient psychiatrischer Kliniken. Er litt unter akustischen und visuellen Wahnvorstellungen und fühlte sich von der CIA verfolgt. Erst in den Neunzigerjahren erholte er sich von der Krankheit und erhielt im Jahr 1994 zusammen mit Reinhard Selten und John Harsanyi den Nobelpreis für Wirtschaftswissenschaften.

Sein Leben wurde von Hollywood erfolgreich mit Russell Crowe verfilmt und der Streifen *A Beautiful Mind* mit vier Oscars ausgezeichnet.

Nashörner

Wildhüter in Afrika gehen immer mehr dazu über, Nashörnern ihr Horn abzusägen, um sie dadurch vor Wilderern zu schützen. Denn ohne das begehrte Horn (Schwarzmarktpreis in Asien ca. 100.000 €) sind die Tiere für die Schmuggler wertlos und sie lassen die Nashörner leben.

Nauru

Nauru ist das einzige Land der Welt ohne offizielle Hauptstadt. Die inoffizielle Hauptstadt ist Yaren.

Navajo-Indianer

Die Amerikaner setzten im Zweiten Weltkrieg Navajo-Indianer ein, die eine spezielle Aufgabe hatten. Die Sprache der Navajos unterscheidet sich völlig von anderen europäischen oder asiatischen Sprachen. Deshalb eignete sie sich bestens als Geheimsprache. Im Zweiten Weltkrieg wurden über 400 Navajos als Funker aufseiten der USA eingesetzt. Die Indianersprache war als Code so gut, dass er niemals geknackt wurde und bis heute als der beste Code der Welt gilt.

Neandertaler

Der berühmte Urzeitmensch Neandertaler wurde nach seinem Fundort benannt. Das Neandertal ist ein Talabschnitt der Düssel zwischen Erkrath, Hochdahl und Mettmann, ca. 10 km östlich von Düsseldorf. 1856 fand der Naturforscher Johann Carl Fuhlrott dort das Skelett eines Urzeitmenschen.

Nelken

Wenn man bei Nelken die Gene für die Blütenfarbe abschaltet, duften sie stärker.

Horatio Nelson

Der britische Admiral Nelson konnte nur deshalb von einem französischen Scharfschützen erschossen werden, da man ihn während der Schlacht anhand seiner Uniform als Admiral erkennen konnte.

Neozoen

Das australische Benett-Känguru, der Chileflamingo, der afrikanische Halsbandsittich, der südamerikanische Nandu, der ostasiatische Marderhund oder der amerikanische Waschbär kommen mittlerweile alle auch in Deutschland vor. Tierarten, die direkt oder indirekt durch die Wirkung des Menschen in andere Gebiete gebracht wurden und dort ohne die Hilfe des Menschen überleben können, nennt man Neozoen.

Neptun

Der Planet Neptun ist ein ungemütlicher Ort. Dort wehen die stärksten Winde im gesamten Sonnensystem. Die NASA-Raumsonde Voyager 2 hat 1989 festgestellt, dass die Geschwindigkeiten dieser Winde über 2.400 km/h betragen.

Neunbinden-Gürteltier

Das Neunbinden-Gürteltier bringt fast immer Vierlinge gleichen Geschlechts zur Welt.

Neuseeland

In Neuseeland sind sämtliche Klimazonen der Erde vereint.

Neustadt am Rübenberge

Die Stadt Neustadt am Rübenberge (357 Quadratkilometer) ist die viertgrößte deutsche Stadt nach Quadratkilometern. Nur Berlin (900 Quadratkilometer), Hamburg (755 Quadratkilometer) und Köln (405 Quadratkilometer) sind größer.

New York City

New York City war von 1789 bis 1790 die Hauptstadt der USA.

Niesen

Es ist unmöglich, beim Niesen die Augen offen zu halten.

Nike

Nike war die griechische Göttin des Sieges. Nach ihr hat sich ein großer amerikanischer Sportartikelhersteller benannt.

Nilkrokodil

Das Nilkrokodil kann seine Zunge nicht herausstrecken, da sie fest mit dem Unterkiefer verwachsen ist.

Nobelpreis für Mathematik

Es gibt keinen Nobelpreis für

Mathematik. Für Alfred Nobel war die Mathematik keine Wissenschaft, die die Menschheit weiterbringen könnte. Er bezeichnete sie abwertend als Hilfswissenschaft.

Nobelpreis für Wirtschaftswissenschaften
Der Nobelpreis für Wirtschaftswissenschaften wurde nicht von Alfred Nobel selbst ins Leben gerufen, weshalb ihm einige den Status eines echten Nobelpreises absprechen. Die Auszeichnung wurde 1969 von der Schwedischen Reichsbank anlässlich ihres 300-jährigen Bestehens gestiftet und heißt offiziell „Preis für Ökonomische Wissenschaften in Erinnerung an Alfred Nobel".

Nokia
Der Mobiltelefonhersteller Nokia produzierte in den Sechzigerjahren sehr erfolgreich Gummistiefel.

Nordkorea
In Nordkorea wurde die Nutzung von Mobiltelefonen am 25. Mai 2004 verboten.

Nordsee
Im Mittelalter gab es keine formale Trennung zwischen den Worten Meer und See in Bezug auf die verschiedenen Gewässertypen. Die Nordsee und die Ostsee sind Meere und müssten somit eigentlich Nordmeer und Ostmeer heißen.

Norwegen
Norwegen ist der siebtgrößte Erdölförderer der Welt.

Notrufnummer
Die Notrufnummer Australiens ist die 000.

NSA
Die National Security Agency (NSA) wurde 1940 von US-Präsident Harry Truman gegründet und gilt als der größte Geheimdienst der Erde. Die NSA handelt nach dem Leitsatz: „Wir vertrauen Gott, alle anderen kontrollieren wir!"

---

1. FC Nürnberg
Der 1. FC Nürnberg ist bislang der einzige deutsche Fußballverein, der als amtierender Deutscher Meister aus der 1.

Bundesliga abstieg. Nach dem Gewinn der Deutschen Meisterschaft 1968 folgte am Ende der Saison 1968/69 der Abstieg in die damals zweitklassige Regionalliga Süd.

Nukleare Explosion

Der § 328 Abs. 2 Nr. 3 des Strafgesetzbuchs besagt, dass jeder, der eine nukleare Explosion verursacht, mit einer Freiheitsstrafe bis zu fünf Jahren oder einer Geldstrafe bestraft werden kann.

Nutella

Die Frage, ob es der, die oder das Nutella heißen muss, beantwortet die Firma Ferrero folgendermaßen: „Nutella ist ein im Markenregister eingetragenes Fantasiewort, das in der Regel ohne Artikel verwendet wird. Es bleibt jedem selbst überlassen, welchen Artikel er vor Nutella setzt."

O

ob

Die Abkürzung *ob* der Tamponmarke bedeutet ohne Binde.

Öl

Öl ist das schwedische Wort für Bier.

Österreich

Eigentlich sollte Österreich 1930 die Fußball-WM ausrichten. Es klappte aber nicht, da das Wiener Praterstadion nicht rechtzeitig fertig wurde.

Okapi

Das Okapi, eine zentralafrikanische Giraffenart, hat ein sehr seltenes Talent. Es kann mit seiner über 35 cm langen Zunge seine eigenen Ohren auslecken.

Oktoberfest, Teil 1

Das Oktoberfest beginnt schon seit vielen Jahren bereits im September. Der Grund dafür ist das oft kühle Wetter im Oktober.

Oktoberfest, Teil 2

Der wohl prominenteste Helfer aller Zeiten beim Aufbau des Oktoberfests war Albert Einstein. Als Lehrling der kleinen Elektrofirma Einstein & Cie half er im Schottenhamel-Festzelt, Glühlampen anzubringen.

Olymp-Hemden

Ein Olymp-Hemd mit einem roten Halbkreis (Luxor) an der Innenseite des Hemdes ist normal geschnitten. Ein Olymp-Hemd mit einem orangen Halbkreis (Slim-Line) an der Innenseite des Hemdes ist schmal geschnitten.

Elie Onana

Elie Onana, der Libero Kameruns bei der Fußballweltmeisterschaft 1982 in Spanien, musste vor dem Turnier Urlaub beantragen, da der Fußballamateur sein Geld hauptberuflich als Gefängniswärter verdiente.

Onkel und Tante

Wenn man über Vater und Mutter spricht, verwendet man das Wort Eltern. Bei Opa und Oma sagt man Großeltern. Für Onkel und Tante gibt es ein solches Wort nicht.

Adam Opel

Adam Opel gründete 1862 in Rüsselsheim eine Werkstatt zur Herstellung von Nähmaschinen.

Opossum

Wenn Opossums bedroht werden, stellen sie sich tot.

Optimismus

„Am Ende des Weges mag der Pessimist Recht bekommen, aber unterwegs hat es der Optimist leichter.“
(Otto Ernst)

Orang-Utan

Die Orang-Utans im Zoo von Jersey (USA) könnte man als gut organisierte Bande von Raubrittern bezeichnen. Die Affen kassieren Lösegeld für jeden Gegenstand, der den Besuchern ins Gehege fällt. Sie unterscheiden dabei nach dem Wert der Gegenstände. Die Rückgabe eines Regenschirms kostet ein paar Rosinen, für Autoschlüssel oder Handys müssen die Wärter schon einige Bananen springen lassen. Sollten sich die Wärter weigern zu zahlen, landet die Beute in einer gut bewachten Höhle und das Lösegeld steigt täglich.

Orca

Es kann passieren, dass eine Schwertwalmutter ihr Junges an die Küste treibt, es stranden lässt und das Schwertwaljunge dann hilflos am Strand zurückbleibt. Die Orca-Mama kehrt aber nach einer Weile wieder zurück und macht dem Sprössling vor, wie man sich bewegen muss, um sich aus einer solch misslichen Lage befreien zu können.

George Orwell

George Orwell ist der Autor des Romans *1984*, in dem ein totalitärer Überwachungsstaat dargestellt wird, ein mittels Kameras alles sehender *Big Brother*, der seine Bürger Tag und Nacht überwacht. Der nach Orwell benannte George-Orwell-Plaza in Barcelona wird selbstverständlich 24 Stunden am Tag kameraüberwacht.

Oryxantilope
Die Oryxantilope kann ihre Körpertemperatur auf 43 Grad Celsius erhöhen und dadurch auch extreme Wüstenhitze ertragen. Die Tiere verfügen außerdem über einen außergewöhnlichen Magen-Darm-Trakt, der den verspeisten Pflanzen die gesamte Zellflüssigkeit entziehen kann. Die Oryxantilope kommt mit diesen Techniken über sechs Monate ohne einen Tropfen Wasser aus.

Oslo
Oslo, die Hauptstadt Norwegens, hieß früher Christiania.

Osterinsel
In der Zeit von 1930 bis 1970 benutze Chile die heutzutage wegen ihrer beeindruckenden und geheimnisvollen Steinstatuen bekannte Osterinsel als Leprakolonie. In einer eigens dafür erbauten Leprastation wurden vierzig Aussätzige in strengster Isolation gehalten.

P

Palindrom
Ein Palindrom ist ein Wort (oder Satz), das sowohl vorwärts- als auch rückwärts gelesen werden kann, wie zum Beispiel Otto, Rentner, Lagerregal, Lagertonnennotregal oder Neffen.

Pac-Man
Das Automatenspiel Pac-Man hieß im japanischen Original Puck-Man. Der Name Puck-Man wurde aber von der Herstellerfirma geändert, da sie befürchtete, dass er von den Jugendlichen bald in Fuck-Man abgewandelt werden würde.

Jürgen Pahl
Jürgen Pahl, der ehemalige Torwart des Fußballbundesligisten Eintracht Frankfurt, ist inzwischen Obstbauer in Paraguay.

Pajero
Der Automobilhersteller Mitsubishi erlebte mit seinem Modell Pajero in Spanien einen totalen Flop. Pajero bedeutet in der spanischen Landessprache so viel wie Wichser. Und die wenigsten Spanier wollten ein Auto namens Wichser fahren.

Palmendieb
Der Palmendieb oder Kokoskrebs gehört zur Familie der Einsiedlerkrebse. Ausgewachsen erreicht er eine Körperlänge von bis zu 40 Zentimetern und ein Gewicht von drei bis vier Kilogramm. Der deutsche Biologe Holger Rumpf konnte 1980 erstmals nachweisen, dass Palmendiebe in der Lage sind, mit ihren Scheren Kokosnüsse zu knacken und das Fruchtfleisch zu fressen.

Panspermie
Die Panspermie-Theorie geht davon aus, dass sich das gesamte Leben im Universum durch Kometen oder Meteore verbreitet, auf denen sich Keime oder Sporen befinden.

Panzerplatte
Der Bundeswehr-Hartkeks wird von den Soldaten auch Panzer-

platte genannt, weil er sehr schwer zu zerbrechen ist.

Papiergeld
Die Eurogeldscheine werden nicht aus Papier, sondern aus Baumwolle hergestellt.

Papst Johannes Paul II.
Papst Johannes Paul II. hütete in seiner Jugend das Tor der Fußballmannschaft seines Heimatortes Wadowice.

Paradies-Schmuckbaumnatter
Die Paradies-Schmuckbaumnatter bewegt sich meistens kriechend von Ast zu Ast. Wenn sie aber von ihrem Baum aus in tiefere Regionen möchte, springt sie ab und beginnt einen Gleitflug. Dabei macht sie sich so flach, dass sich ihre Körperbreite verdoppelt. Dann beginnt sie sich zu schlängeln, den Kopf auf und ab zu schwenken und sich in ausgeprägten Kurven zu winden. Auf diese Weise kann sie sich aus einer Höhe von zehn Metern bis zu zehn Meter in horizontaler Richtung bewegen. Die Schlange ist während des Fluges sogar in der Lage, Ästen auszuweichen oder ein Beutetier zu verfolgen.

Paraguay
Die Flagge von Paraguay ist weltweit die einzige Nationalflagge, bei der sich die Vorder- und die Rückseite unterscheiden.

Paris
1999 wurde ein Chip, der ihren Gesundheitszustand erfasst, in die rund 90.000 Straßenbäume von Paris eingesetzt. Die Daten werden seitdem regelmäßig durch mobile Rechner erfasst. Die Stadt Paris verspricht sich dadurch eine deutliche längere Lebensdauer der Bäume.

Parosmie
Wenn man unter Parosmie leidet, funktioniert der Geruchssinn nicht mehr einwandfrei. Die Nase interpretiert bekannte Gerüche falsch. Ein leckerer Schweinebraten riecht für den Betroffenen unter Umständen wie verfaulte Eier.

Passkontrolle in Mexiko City
Wenn einreisende Touristen auf dem Flughafen von Mexi-

ko-Stadt gelandet sind, müssen sie, nachdem sie die Passkontrolle passiert haben, einen Knopf drücken. Dieser Knopf bedient einen Zufallsgenerator. Es handelt sich dabei um eine Art Ampel. Leuchtet die Ampel grün, hat der Tourist Glück gehabt und darf sein Gepäck auf ein Laufband zum Auschecken bringen. Leuchtet die Ampel rot, wird das Gepäck gründlich durchsucht.

Carlo Pedersoli

Carlo Pedersoli ist studierter Jurist und wurde unter seinem Pseudonym Bud Spencer ein weltbekannter Schauspieler.

Peitschenwurm

Wenn sich die Eier des Peitschenwurmes *Trichuris suis* im Dünndarm eines Menschen mit chronischer Darmentzündung ansiedeln, kann dies zur Heilung der Dünndarmentzündung führen. Die Therapie stützt sich auf der Annahme, dass das bei Autoimmunerkrankungen überschießende Immunsystem eine neue Aufgabe benötigt und danach die Darmwand nicht mehr angreift.

Pelikan

Die Knochen des Pelikans enthalten Luft, dadurch kann er trotz seiner Größe mühelos vom Boden abheben.

Pentagon

Die Reiseführer, die durch das US-Verteidigungsministerium (Pentagon) begleiten, müssen die meiste Zeit rückwärtsgehen, da sie die Anweisung haben, die Touristen so wenig wie möglich aus den Augen zu lassen. Nur die Treppen dürfen sie vorwärts hochlaufen.

Pepsi

Pepsi-Cola verkaufte sich anfangs in Taiwan sehr schleppend, weil der Slogan *Come alive with the Pepsi Generation* für den dortigen Markt fälschlicherweise mit „Pepsi bringt deine Vorfahren von den Toten zurück" übersetzt wurde.

Pergamonmuseum

Das Pergamonmuseum in Berlin steht direkt gegenüber der Wohnung der deutschen Bundeskanzlerin Angela Merkel. In einem der Räume des Museums war eine Kamera installiert, mit der man direkt in das Wohnzimmer von Frau Merkel blicken konnte. Der Sicherheitsdienst des Museums hatte also monatelang einen tiefen Einblick in das Privatleben der Kanzlerin.

Personalausweis

Die Bürger der USA haben keine Personalausweise. Die Amerikaner weisen sich mit dem Führerschein und der Sozialversicherungsnummer aus.

Jean-Marie Pfaff

Jean-Marie Pfaff, der ehemalige Torwart des FC Bayern München, galt in den Achtzigerjahren als einer der besten Torhüter der Welt. Heute ist er der Hauptdarsteller der Doku-Serie *de Pfaffs*, eine der beliebtesten TV-Serien in Belgien. Sie offenbart im Big-Brother-Stil Millionen von Fernsehzuschauern das Familienleben von Jean-Marie, seiner Ehefrau und den Kindern.

Pfennig

50-Pfennig-Münzen mit dem Schriftzug Bank deutscher Länder, dem Prägedatum 1950 und dem Prägezeichen G sind äußerst selten und haben aus der daraus resultierenden Rarität einen sehr hohen Sammlerwert.

Pfotenschutz

Die Polizei setzt bei ihren Diensthunden seit Kurzem einen Pfotenschutz ein. In den Großstädten haben die Polizisten vermehrt Probleme mit weggeworfenen Flaschen und anderem Unrat, an dem sich die Hunde verletzen könnten. Die neuen Dienstschuhe der Polizeihunde sind aus Leder mit einer robusten Noppensohle und Klettverschlüssen. Der Pfotenschutz wird aber nicht bei jedem Streifengang getragen, sondern nur dann, wenn damit zu rechnen ist, dass Glas oder andere scharfkantige Gegenstände herumliegen.

Philadelphia

Philadelphia war von 1790 bis 1800 die Hauptstadt der USA.

Sam Phillips

Sam Phillips besaß eine kleine Schallplattenfirma in Memphis. 1955 verkaufte er seinen Exklusivvertrag mit dem damals noch unbekannten Sänger Elvis Presley an RCA Records. Sam

Phillips büßte dadurch Tantiemen in Millionenhöhe ein.

Philtrum

Die Rinne zwischen Nase und Mund nennt man das Philtrum.

Pablo Picasso

Der spanische Maler Pablo Picasso entschied sich, den Mädchennamen seiner Mutter zu benutzen, weil er weniger verbreitet war als Ruiz, der Familienname seines Vaters.

Pickles

Der Hund Pickles spielte eine wichtige Rolle bei der Fußballweltmeisterschaft 1966 in England. Er spürte den am 20. März 1966 gestohlenen WM-Pokal eine Woche später beim Gassigehen mit seinem Herrchen David Korber unter einem Busch auf.

Pillenverpackungen

Mit dem Buchstaben N wird die Packungsgröße einer Medikamentenverpackung angegeben. N1 bedeutet Kleinpackung, N2 ist eine Normalpackung und N3 eine Großpackung.

Pinguine

Pinguine springen gerne von Eisschollen. Seeleoparden, die Pinguine als Leckerbissen betrachten, lauern deshalb folgerichtig geduldig unter Eisschollen und warten auf die herabfallenden Pinguine. Fünf bis zehn Pinguine frisst ein ausgewachsener Seeleopard pro Tag. Die Pinguine wissen das und baldowern deshalb vor dem ersten Sprung einen Vorspringer aus, der als Erster von der Eisscholle hüpfen muss. Taucht dieser Pinguin dann wieder auf, riskieren auch die anderen den Absprung. Taucht er nicht mehr auf, fällt das Eisschollenspringen aus.

Paolo Pinkel

Michel Friedman benutzte den Decknamen Paolo Pinkas, als er 2003 im Frankfurter Rotlichtmilieu inkognito Prostituierte zu sich ins Hotelzimmer kommen ließ. Pinkas ist ein hebräischer Vorname, den die Polizei fälschlicherweise als Pinkel verstand, und so wurde das Pseudonym Paolo Pinkel bekannt.

Pistolenkrebs

Der nur etwa zwei Zentimeter kleine Pistolenkrebs erzeugt mit einer Knallschere am Vorderbein eine Luftblase (Kavitationsblase), die mit einem Knall von 150 bis 200 Dezibel implodiert. Dies entspricht in etwa dem Schalldruck eines startenden Düsenjets an Land. Er jagt damit Beutetiere und verteidigt sich gegen Feinde.

Pitralon
1982 erhielt Paul Breitner 150.000 Mark von der Rasierwasserfirma Pitralon, weil er sich als Werbegag seinen Vollbart zum Schnauzbart stutzen ließ.

Platon
Der griechische Philosoph Platon hieß eigentlich Aristokles, wurde aber wegen seiner flachen Stirn Platon genannt.

Hasso Plattner
Hasso Plattner ist einer der Gründer des Softwareunternehmens SAP AG in Walldorf. Von ihm stammt das Zitat: „Man muss nicht unbedingt der Erste sein. Es reicht, wenn man Besseres zu bieten hat.“

Platzangst
Die Angst in engen Räumen wird oft fälschlicherweise als Platzangst bezeichnet. Tatsächlich handelt es sich dabei aber um Raumangst (Klaustrophobie). Platzangst dagegen ist die Angst vor großen öffentlichen Plätzen (Agoraphobie).

Plumbomantie
Plumbomantie ist eine Weissagungstechnik, bei der man versucht, durch Bleigießen in die Zukunft zu sehen.

Plural
Worte wie Gold, Sand oder Milch haben keinen Plural. Um eine Mehrzahl ausdrücken zu können, muss man sich mit Worten wie zwei Goldstücke, einige Körner Sand oder drei Liter Milch behelfen.

Pluto
Am 24. August 2006 erkannte die Prager Vollversammlung der Internationalen Astronomischen Union (IAU) Pluto den Planetenstatus ab. Zuvor war in der Resolution 5A ein Planet als Himmelskörper definiert worden, der erstens um die Sonne

kreist, zweitens genug Masse besitzt, dass die Schwerkraft ihn zu einer annähernd runden Form zusammenpresst, und drittens seine kosmische Nachbarschaft von anderen Objekten „gesäubert“ hat. Der dritte Punkt trifft auf Pluto nicht zu, da er sich mit weiteren Himmelskörpern im Kuipergürtel bewegt.
Fortan gilt Pluto deshalb nur noch als Zwergplanet.

Lukas Podolski

Der Bruder der Freundin von Lukas Podolski heißt Lukas Puchalski.

Polaroid

Als die Firma Polaroid ihre Sofortbildkameras in der damaligen Sowjetunion auf den Markt brachte, verkauften sich die Kameras trotz des sehr hohen Preises außerordentlich gut. Nachforschungen von Polaroid ergaben, dass die hohen Verkaufszahlen auf einen ungewöhnlichen Grund zurückzuführen waren. Bei der Sofortbildkamera hielten die russischen Bürger die Bilder sofort in der Hand und mussten die Negative nicht zum Entwickeln bringen, wo sie der russische Geheimdienst (KGB) jederzeit beschlagnahmen konnte.

Polonium 210

Ein millionstel Gramm des silberweiß glänzenden Metalls Polonium 210 kann einen Menschen, der es einatmet oder über die Nahrung aufnimmt, töten.

Pony-Express

Die Reiter des Pony-Expresses verwendeten keine Ponys, sondern Pferde.

Porsche

Bei einem Porsche befindet sich das Zündschloss nicht rechts, sondern links.

Jorge Posada

Der puerto-ricanische Baseballspieler Jorge Posada spielt für die New York Yankees. In seiner Position als Catcher gibt er dem Werfer Handzeichen, wie und wohin der nächste Wurf am besten zu erfolgen habe. Damit der Werfer diese Handzeichen besser sehen kann, lackiert sich Posada vor jedem Spiel die Nägel seiner rechten Hand weiß.

Francis Gary Powers

Am 01. Mai 1960 flog der amerikanische Pilot Francis Gary Powers mit seinem Spionageflugzeug Lockheed U-2 eine Aufklärungsmission von Nordpakistan über die Sowjetunion. Über dem Uralgebirge kam es zu Triebwerksschwierigkeiten, die dazu führten, dass das Flugzeug an Höhe verlor und in den Wirkungsbereich der sowjetischen Luftabwehrraketen geriet. Die U-2 wurde abgeschossen und Powers, der sich trotz gegensätzlicher Anweisungen mit dem Schleudersitz gerettet hatte, nahe Swerdlowsk gefangen genommen. Der unter großem internationalem Interesse durchgeführte Schauprozess, in dem Gary Powers zu einer mehrjährigen Haftstrafe verurteilt wurde, war für die USA eine große Blamage. Deshalb wurde in der Folge bei den übrig gebliebenen Spionageflugzeugen der Schleudersitz entfernt.

Präriehund

Präriehunde bauen unter der Erde Städte, die so groß sind wie eine deutsche Großstadt. Die komplizierten und ausgedehnten Gänge nennt man Präriehundstädte.

Elvis Presley

Die Mutter von Elvis Presley brachte am 08. Januar 1935 Zwillinge zur Welt. Elvis Presleys Zwillingsbruder Jesse Garon starb sechs Stunden nach der Geburt.

Prinzipien

„Ich habe eiserne Prinzipien. Wenn sie Ihnen nicht gefallen, habe ich auch noch andere."
(Groucho Marx)

Public Viewing

Public Viewing bezeichnet in den USA eine öffentliche Leichenschau.

Puffi

In den USA nennt man sie Smurfs. In Italien kennt man sie als Puffi. Und in Deutschland heißen die kleinen blauen Kerle Schlümpfe.

Q

Q

Der Buchstabe Q, die Kuh und der Coup werden im Deutschen alle drei gleich ausgesprochen.

Quastenflosser

Der Quastenflosser ist ein biologisches Phänomen. Normalerweise entwickeln sich Lebewesen im Laufe der Evolution weiter und passen sich den neuen Umweltbedingungen an. Der Quastenflosser aber nicht, seit über 350 Millionen Jahren existiert der Fisch optisch nahezu unverändert.

Freddy Quinn

Der Schlagersänger Freddy Quinn ist Österreicher. Sein richtiger Name lautet Franz Eugen Helmut Manfred Niedl-Petz.

R

Stefan Raab

Der zweite Vorname des TV-Moderators Stefan Raab lautet Konrad.

Raben

Der britische Verhaltensforscher Nathan Emery beobachtete Raben in Tokio dabei, wie sie über einer viel befahrenen Kreuzung kreisten. Die Vögel ließen dann ihre gesammelten Nüsse fallen und die harte Schale von den darüber fahrenden Autos knacken. Das machten sie bevorzugt über einem Zebrastreifen, wo sie die Nüsse dann wieder einsammelten, wenn die Autos wegen der Fußgänger halten mussten.

Radfahrer

Laut der deutschen Straßenverkehrsordnung dürfen sich Radfahrer ab zwölf Personen aus der Gruppe lösen und nebeneinanderfahren. Kleinere Gruppen müssen brav hintereinander fahren.

Radio Nuova Ercolano

Die italienische Polizei schloss im Juni 2007 den sizilianischen Radiosender Nuova Ercolano, da die Mafia über diesen Sender (Frequenz 95,1) verschlüsselte Botschaften an ihre Mitglieder übermittelte.

Raider

Die Firma Mars änderte 1991 den Namen ihres Schokoriegels Raider in Twix, da der Begriff Raider im Englischen auch „Räuber“ bedeutet und deswegen als internationaler Markenname nicht geeignet war.

John Rambo

Der erste US-amerikanische Soldat, der im Vietnamkrieg getötet wurde, hieß John Rambo. Der Regisseur Ted Kotcheff nannte die Hauptfigur seiner Rambo-Filme (gespielt von Sylvester Stallone) nach ihm.

Laetitia Ramolino

Laetitia Ramolino war die

Mutter von Napoleon Bonaparte, dem Kaiser von Frankreich.

James Randi

James Randi ist ein Bühnenzauberer und entschiedener Gegner von Pseudowissenschaften. Seine Organisation, die James Randi Educational Foundation (JREF) fördert die Untersuchung paranormaler Behauptungen und versucht sie unter kontrollierten Testbedingungen zu testen. Es wurde darum ein Preisgeld von einer Million Dollar für jeden ausgesetzt, der in der Lage ist, vorher beschriebene paranormale, übernatürliche oder okkulte Kräfte unter Beweis zu stellen. Bisher musste die Million noch nie ausbezahlt werden.

Dr. Thomas von Randow

Dr. Thomas von Randow sagte 1983 Folgendes zum Thema Weltwunder: „Das größte und unwahrscheinlichste Weltwunder ist schnell beschrieben: die Politik, die angesichts der Überbevölkerung, der Energie- und Rohstoffverknappung, der Klimaänderung und Vernichtung der schützenden Ozonhülle unseres Planeten, angesichts der Tatsache, dass seit Mitte des 20. Jahrhunderts schon nicht mehr genug Nahrung auf der Erde war, um alle Menschen ausreichend zu ernähren, und des Rüstungswahns, in dessen Verlauf schon 1970 so viele Atombomben in Ost und West gelagert wurden, dass damit die Erde siebenmal restlos zerstört werden könnte – die Politik also, die in dieser wahnsinnig gewordenen Welt der Menschheit ein Überleben ermöglicht, wenigstens ein primitives Leben, und sei es ganz ohne Weltwunder, jedoch einigermaßen gerecht. Es ist das einzige Wunder, das zählen würde, und Wunder müsste es weiß Gott genannt werden, denn alles, was wir heute sehen und wissen, spricht dagegen, dass es jemals vollbracht werden wird.“

Ratschlag

Menschen bitten meistens die Menschen um Rat, von denen sie wissen, dass sie ihnen das sagen werden, was sie hören wollen.

Ratten, Teil 1

Ratten riechen in stereo. Die Nager nehmen Gerüche von

links und rechts getrennt auf, verarbeiten die Informationen in nur fünfzig tausendstel Sekunden und folgen dann ihrer Nase in die viel versprechendere Richtung.

Ratten, Teil 2

Ratten überleben länger ohne Wasser als Kamele.

Ratten, Teil 3

Rattenrudel nutzen Vorkoster, um neue Nahrungsquellen auf Verträglichkeit zu testen. Nur ein Tier nascht an der unbekannten Leckerei, die anderen warten ab. Geht es dem Testesser auch nach einem Tag noch gut, probieren auch die anderen von der Speise. Stirbt der Vorkoster jedoch, rührt das Rudel die Nahrung nicht an. Deshalb benutzen Rattenfänger inzwischen öfter langsam wirkende Gifte. Diese Kumarinderivate senken die Gerinnungsfähigkeit von Blut und erhöhen die Durchlässigkeit der Gefäße. Nach ein paar Tagen stirbt das Opfer an inneren Blutungen und das Rattenrudel kann nicht mehr feststellen, welcher Bissen der giftige war.

Raubkatzen

Die Zunge einer Raubkatze ist rau wie ein Reibeeisen, sie kann mit ihr sehr gut Fleischreste von Knochen abschaben.

Ronald Reagan

Am 13. August 1984 sprach der damalige US-Präsident Ronald Reagan folgenden Satz in ein Mikrofon: „Liebe amerikanische Mitbürger, ich freue mich, Ihnen mitteilen zu können, dass ich gerade ein Gesetz unterzeichnet habe, das Russland für immer vogelfrei erklärt. Die Bombardierung beginnt in 5 Minuten." Reagan nahm an, das Mikrofon sei ausgeschaltet.

Real Madrid

Die Telefonnummer von Real Madrid ändert sich fast jedes Jahr. Nämlich immer genau dann, wenn der Verein wieder einen Titel gewinnt. Die aktuelle Telefonnummer lautet: 902/291709 (Stand 2006). Die 902 ist die Vorwahl für Madrid. Die 291709 steht für 29 Titel in der spanischen Meisterschaft, 17 Pokalsiege und 9 Siege in der Champions League.

Redwoodbaum

Der Redwoodbaum ist einer der größten und langlebigsten Bäume der Welt. Er wächst und gedeiht entlang der kalifornischen Küste. Die nur wenige Zentimeter großen Zapfen des Redwoods öffnen sich allerdings nur bei großer Hitze. Die Waldarbeiter legen deshalb in regelmäßigen Abständen kleine Waldbrände, damit die Samen aus den Zapfen fallen können. Die sechzig Zentimeter dicke Borke des Baumes sorgt dafür, dass er äußerst feuerresistent ist und die kleinen Waldbrände unbeschadet übersteht.

Regenwurm

Das weitverbreitete Gerücht, dass zwei lebende Würmer entstehen, wenn man einen Regenwurm in der Mitte durchtrennt, trifft nicht zu. Gerade in der Körpermitte ist das Regenerationsvermögen des Regenwurms am geringsten. Jedes Körpersegment besitzt dort die genetische Anlage, nur den After und nicht den Kopf wiederherzustellen. Nach der Durchtrennung entsteht also aus dem abgeschnittenen Hinterende ein Wurm mit zwei Hinterteilen, der keine Nahrung zu sich nehmen kann und verhungert.

Rehkitz

Ein neugeborenes Rehkitz wird so gut wie nie von Fressfeinden angegriffen, da es die ersten Tage nach der Geburt vollkommen geruchlos ist und von anderen Tieren nicht gewittert werden kann.

Uwe Reinders

Für Uwe Reinders war die Fußball-WM 1982 nach nur zwei Spielen vorbei, da er auf einem Tischtennisball ausrutschte und sich dabei eine Bänderdehnung zuzog.

Rekord

Es gibt nur einen einzigen Rekord, der niemals gebrochen werden kann. Der Rekord, irgendwo der Erste gewesen zu sein.

Rembrandt

Der niederländische Maler Rembrandt hieß van Rijn mit Nachnamen.

Rete mirabile

Anders als viele andere Haiarten ist der Weiße Hai kein vollkommener Kaltblütler. Er besitzt ein spezielles Netz von Blutgefäßen (Rete mirabile), das es ihm ermöglicht, eine Körpertemperatur von 10 bis 15 Grad über der Wassertemperatur aufrechtzuerhalten. Dadurch kann er auch in kalten Gewässern extrem schnell beschleunigen und erfolgreich jagen.

Rettungswagen
Auf modernen Rettungswagen befindet sich vorne die Aufschrift „Rettungswagen" in Spiegelschrift, damit sie von vor dem Sanka fahrenden Autofahrern besser im Rückspiegel gelesen werden kann.

Adam Ries
Nach Adam Riese macht drei plus drei sechs. Der hier zitierte Mathematiker hieß allerdings nicht Adam Riese, sondern Adam Ries. Adam Ries lebte von 1492 bis 1559, war Leiter einer Rechenschule in Erfurt und veröffentlichte zahlreiche Mathematikbücher. Der geläufige Begriff Adam Riese kam zustande, weil man dem Dativ damals gerne ein „e" anhängte, wie zum Beispiel „dem Pferde".

Riesengürteltier
Das in Südamerika beheimatete Riesengürteltier hat bis zu zwanzig Zentimeter lange Krallen und kann sich damit sogar durch Beton graben.

Riesenmakifrosch
Der Riesenmakifrosch wartet mit pharmakologisch durchaus spannenden Substanzen auf. Ein paar am Amazonas heimische Indianerstämme schaben mit einem Holzstück seine Hautabsonderungen ab und lassen sie trocknen. Vor der Jagd reiben sie sich die Substanzen mit Speichel vermischt in frische Brandwunden. Postwendend setzt eine starke Übelkeit ein, gefolgt von einer einige Tage andauernden Phase der Apathie. Danach spüren die indianischen Jäger jedoch ungewöhnliche Kräfte und eine radikal geschärfte Sinneswahrnehmung. Wissenschaftler sind auf diese Tatsache aufmerksam geworden und haben das Hautsekret eingehend untersucht. Sie fanden dabei ein buntes Durcheinander von neuroaktiven Stoffen, wobei sie besonders ein Protein faszinierte, das sie Adenoregulin nannten. Dieses Protein macht das Nervensystem des Körpers außerordentlich

empfindsam für körpereigene stimulierende Substanzen.

Riesenseerose
Die Riesenseerose pflanzt sich fort, indem sie einen Käfer gefangen hält. Wenn ein Käfer am frühen Abend in die Blüte krabbelt, um von ihr zu naschen, schließt sich die Blüte um ihn herum. Der Käfer versucht, sich zu befreien, und pudert dadurch seinen ganzen Körper mit Blütenstaub. Erst am nächsten Abend lässt die Riesenseerose den Träger ihres kostbaren Pollens wieder frei und der Käfer verteilt frisch gepudert den Blütenstaub der Seerose.

Rio de Janeiro
Rio de Janeiro war von 1807 bis 1821 die Hauptstadt Portugals. Brasilien war zu dieser Zeit eine Kolonie Portugals. Als 1807 napoleonische Truppen Portugal besetzten, floh die königliche Familie nach Rio de Janeiro und kehrte erst 1821 nach Lissabon zurück.

Risiko
„Nichts geschieht ohne Risiko – aber ohne Risiko geschieht auch nichts."

Robben
Der Professor Guido Dehnhardt von der Universität Bochum hat eine faszinierende Fähigkeit bei Robben nachgewiesen. Dazu lenkte er ein kleines gelbes ferngesteuertes U-Boot kreuz und quer und vollkommen ziellos durch ein Schwimmbecken. Dann wartete er eine Minute ab und ließ eine Robbe ins Wasser. Sie schwamm die Bahnen exakt nach, die das U-Boot zuvor gefahren war. Bewegungen im Wasser manifestieren sich als relativ stabile hydrodynamische Spuren, die die Robbe mit ihren feinen Barthaaren auch Minuten später noch spüren kann.

Graciano Rocchigiani
Von dem Boxer Graciano Rocchigiani stammt der Satz: „Ich brach die Schule nach der sechsten Klasse wegen Pneumonie (Lungenentzündung) ab. Nicht weil ich es hatte, aber ich konnte es nicht buchstabieren."

Wilhelm Conrad Röntgen
Der deutsche Nobelpreisträger Wilhelm Conrad Röntgen hatte kein Abitur.

Rohypnol

Rohypnol ist ein Beruhigungsmittel, dessen Wirkstoff Flunitrazepam zehnmal so stark ist wie das im Valium enthaltene Diazepam. Es entspannt, paralysiert und schaltet das Erinnerungsvermögen aus. Wegen dieser Wirkungskombination gilt Rohypnol auch als Vergewaltigungsdroge.

Ronaldo

Das Geburtsdatum des brasilianischen Fußballstars Ronaldo ist ein Mysterium. Obwohl er am 18. September 1976 geboren wurde, kursiert auch der 22. September als sein Geburtsdatum. Das ist darauf zurückzuführen, dass sich seine Familie vier Tage lang Zeit ließ, um seine Geburt offiziell bestätigen zu lassen.

Mary Roos

Mary Roos war als erste und einzige Deutsche Gaststar in der Muppet-Show.

Rose, rot und Hammer

Bittet man einen Menschen, möglichst schnell und ohne nachzudenken eine Blume, eine Farbe und ein Werkzeug zu nennen, so antworten die meisten: Rose, rot und Hammer.

Rosinen

Weintrauben und Rosinen können für Hunde giftig sein. Das amerikanische ASPCA (Animal Poison Control Center) sammelt alle Daten über Vergiftungen bei Tieren, die ihnen von Tierärzten übermittelt werden. Bei der Analyse dieser Daten stieß das ASPCA auf merkwürdige Vergiftungen bei 19 Hunden. Alle Hunde hatten unterschiedlich große Mengen an Weintrauben oder Rosinen gefressen. Bei Blutuntersuchungen stellten die behandelnden Tierärzte neben stark erhöhten Nierenwerten auch eine Hyperkalzämie (zu viel Kalzium im Blut) fest. Das ASPCA gab dann bekannt, dass 280 Gramm Rosinen zu einem Todesfall bei einem Labrador Retriever (20 Kilogramm Körpergewicht) geführt haben.

Rote Feuerameise

Die Roten Feuerameisen halten zusammen wie Pech und Schwefel, frei nach dem Motto der drei Musketiere: einer für alle und alle für einen. Wenn ein Mitglied der Gemeinschaft bedroht wird, setzt es Pheromone frei, und diese Geruchsstoffe signalisieren den anderen Ameisen, dass ihre Hilfe gebraucht wird. Sie strömen sofort zu Hunderten herbei und stürzen sich furchtlos auf den Feind.

Rote-Hand-Brief

Der Rote-Hand-Brief dient der Risikoinformation für Arzneimittel. Die Herstellerverbände von Arzneimitteln haben sich darauf geeinigt, wichtige Informationen zur Sicherheit von Arzneimitteln auf diese Art zu verbreiten. Die Briefe haben eine rote Hand auf dem Umschlag, damit Ärzte beim Durchsehen der Post diesen Brief auf keinen Fall übersehen können. Es befinden sich besonders wichtige Informationen darin, beispielsweise Nebenwirkungen, die nicht auf dem Beipackzettel des Medikaments stehen.

Rote Schleife

Ein Pferd, das schon einmal stark ausgeschlagen hat, muss auf Reitturnieren eine rote Schleife tragen, als Warnung für andere Reiter.

Rote Tide

Noctiluca gehören zu den Dinoflagellaten, kleinen Organismen, die zusammen mit den Kieselalgen die Hauptproduzenten organischer Stoffe in den Ozeanen sind. Noctiluca wird auch Meeresleuchttierchen genannt, denn er besitzt die Fähigkeit zur Biolumineszenz. Angeregt durch einen mechanischen Reiz, wie z. B. die Bewegung der Wellen, sendet es kurze Lichtblitze aus. Millionen von Einzellern tun das zur selben Zeit und bringen so das Meer zum Leuchten. Durch eine explosionsartige Vermehrung können Dinoflagellaten aber auch eine rote Tide auslösen. Dabei färben dann die Pigmente der Dinoflagellaten das Meerwasser blutrot. Manche Dinoflagellaten produzieren während dieser Algenblüte hohe Konzentrationen an Giftstoffen, die für Fische tödlich sein können. Es kommt dadurch immer wieder zu einem großen Fischsterben.

Davy Rothbart

Der Amerikaner Davy Rothbart sammelt verlorene Notizzettel aus aller Welt. Er erlangte über eine Internetseite große Popularität, erhielt von vielen Menschen weitere Zettel, Mitteilungen und Briefe, die irgendwo verloren und von anderen wiedergefunden wurden. Das Ganze veröffentlichte Rothbart dann als Buch, das in Deutschland unter dem Titel *Absender unbekannt* erschien. Darin findet sich auch ein Algebratest, den der Schüler Aaron verloren hatte. Unter anderem gab Aaron folgende Antworten:

Aufgabe: Ein Investor zahlt 2.000 $ auf ein Konto mit festem Zinssatz von 4 % ein. Berechne den Kontostand nach 8 Jahren.

Antwort: zu wenig

Aufgabe: Fasse folgenden Ausdruck so weit wie möglich zusammen:

Log7 + 2LogA – 5LogB

Antwort: Der ist schon klein genug.

Aufgabe: Berechne Log5 + Log10 + Log2 unter Berücksichtigung der Rechenregeln für den Logarithmus.

Antwort: Nimm doch selber Rücksicht!

Rotwein

Der Genuss von Rotwein kann die Zunge blau färben. Schuld daran sind die im Rotwein enthaltenen Anthocyane.

J. K. Rowling

J. K. Rowling verkaufte die Filmrechte an ihren Harry-Potter-Büchern mit der Auflage, dass die Rollen nur von britischen Schauspielern gespielt werden dürfen. Steven Spielberg nahm deshalb seine Zusage, Regie zu führen, wieder zurück.

Royal Bank of Scotland

Die Royal Bank of Scotland (RBS) führte 1728 als erste Bank der Welt den Überziehungskredit ein.

Erno Rubik

Der ungarische Architekt Erno Rubik patentierte am 30. Januar 1975 ein mechanisches Geduldsspiel. Dieses Geduldsspiel wurde Anfang der Achtzigerjahre als Zauberwürfel weltberühmt und verkaufte sich allein bis 1981 über 160 Millionen Mal.

Rückennummer

Der Fußballverein FSV Mainz 05 vergibt die Rückennummer 12 an keinen Spieler, egal wer sie haben möchte, denn die Nummer 12 ist für die Fans des FSV Mainz 05 reserviert.

Karl-Heinz Rummenigge
Karl-Heinz Rummenigge startete 1990 mithilfe der Bundesregierung die Kampagne *Keine Macht den Drogen.*

Mathias Rust
Mathias Rust, der am 28. Mai 1987 mit einer Cessna 172 von Deutschland durch die sowjetische Luftabwehr nach Moskau flog und dort auf dem Roten Platz direkt vor dem Kreml landete, um dem damaligen sowjetischen Generalsekretär Michail Gorbatschow seine persönliche Friedensbotschaft zu überreichen, arbeitet derzeit als professioneller Pokerspieler.

S

Sägefisch

Sägefische sind Rochen, die einen haiähnlichen Körper haben und bis zu 7 Metern lang werden. Sie benutzen die Säge, einen knöchernen, seitlich mit dolchartigen Zähnen besetzten Auswuchs des Kopfes, vor allem zur Jagd. Sie stoßen dabei mit der Säge blitzschnell in einen ahnungslosen Fischschwarm hinein und teilen dann durch heftige Seitwärtsbewegungen kräftige Schläge aus. Danach verspeisen sie in aller Ruhe die verletzten und toten Tiere.

Säuglinge

Säuglinge sollten keinen Honig zu sich nehmen, da die Gefahr besteht, dass sie mit dem Honig Sporen des Botulinusbakteriums aufnehmen, die im Darm aktiviert werden, sich vermehren und zu einer Vergiftung führen können. Das Immunsystem der Babys reicht noch nicht aus, um die Infektion abzuwehren.

Sahara, Teil 1

Der 18. Februar 1979 wird den Bewohnern der Wüste Sahara vermutlich ewig im Gedächtnis bleiben, denn der 18. Februar 1979 ist der einzige Tag seit Menschengedenken, an dem die Meteorologen Schneefall in der Sahara verzeichnen konnten. Ein kurzer Schneesturm in Südalgerien brachte den Straßenverkehr zum Erliegen. Nach wenigen Stunden war die weiße Pracht aber wieder vollständig geschmolzen.

Sahara, Teil 2

Die Wüste Sahara ist rund 9 Millionen Quadratkilometer groß. Das ist ungefähr gleich groß wie Australien.

Salz

Ein Mensch stirbt, wenn er eine Menge von 150 Gramm Salz auf einmal zu sich nimmt. Der menschliche Organismus benötigt für jedes Gramm Salz, das er zu sich nimmt, die 23-fache Menge Wasser, um den Wasserhaushalt im Gleichgewicht zu halten. Der Körper entzieht dabei den Zellen so lange Wasser, bis ein Ausgleich der Salzkonzentration inner- und außerhalb der Zellen erreicht ist. Bei 150 Gramm Salz wird zu viel Wasser aus den Zellen gesogen. Wir verdursten, obwohl wir genug Wasser im Körper haben.

Salztest

14 Elche und Rentiere des schwedischen Freizeitparks Skansen wurden im April 2007 zu einem außerordentlichen Geschmackstest eingeladen. Sie bekamen verschiedene Salzblöcke vorgelegt, und die Jury wollte herausfinden, welches Salz den Tieren am wenigsten schmeckt. Hintergrund des Tests ist die Tatsache, dass es im Winter in Schweden immer wieder zu schweren Verkehrsunfällen kommt, weil die Tiere das ihnen wohlschmeckende Streusalz von der Straße lecken. Die Straßenverwaltung will vor der Einführung einer neuen Salzmischung sichergehen, dass diese Salzsorte den Elchen und Rentieren nicht zusagt.

Salzwasserkamel

Die Salzwasserkamele in der Wüste Gobi sind in der Lage, Salzwasser als Trinkwasser zu nutzen. Diese seltene Gabe macht sie zu hochinteressanten Forschungsobjekten für die Wissenschaft.

Sambesi-Hai

Der Sambesi-Hai (Bullenhai) überlebt auch im Süßwasser und kann mit seinem kräftigen Gebiss sogar hart gepanzerte Krokodile angreifen und töten.

Sand

Wenn man Sand mit einer Silizium-Alkohol-Lösung bedampft, kann man den Sand auch unter Wasser formen. Der Sand besitzt durch die Bedampfung eine ölähnliche wasserabweisende Schicht, wird unter Wasser von allen Seiten zusammengedrückt und ist somit knetbar.

Joachim Sauer

Der Berliner Chemieprofessor Joachim Sauer ist der Ehemann der deutschen Bundeskanzlerin Angela Merkel.

Schakal

Der spannende Roman *Der Schakal* von Frederick Forsyth basiert auf einem tatsächlich durchgeführten Attentat auf den französischen Präsidenten Charles de Gaulle im Jahre 1962, das von Jean-Marie Bastien-Thiry organisiert wurde.

Scharfschützen
Das Lawrence Livermore National Laboratory in Kalifornien hat ein Abwehrsystem gegen Scharfschützen entwickelt. Die größte Stärke des Scharfschützen ist seine scheinbare Unsichtbarkeit, da er aus großer Entfernung schießt. Ein im Labor entwickelter Sensor kann den Scharfschützen anhand der Wärme, die die abgeschossene Kugel beim Flug abgibt, exakt orten.

Maximilian Schell
Der deutsche Schauspieler Maximilian Schell ist der Taufpate des Hollywoodstars Angelina Jolie.

Schiedsrichterkritik
„Ich kritisiere nie die Schiedsrichter – und für diesen Trottel werde ich meine Prinzipien auch nicht ändern."
(Der englische Fußballtrainer Ron Atkinson nach einer miserablen Schiedsrichterleistung)

Das Schiefe Haus
Im Hotel *Das Schiefe Haus* im Fischer-Viertel von Ulm (Schwörhausgasse 6) ist in jedem Bett eine Wasserwaage eingebaut. Bei dem Gebäude handelt es sich um ein Fachwerkhaus aus dem 14. Jahrhundert, das sich im Laufe der Jahrhunderte immer mehr aus der Ideallinie entfernt hatte. Als sich 1995 ein Käufer des Hauses dazu entschloss, ein Hotel daraus zu machen, ließ er die schrägen Fußböden so, wie sie waren. Er legte aber großen Wert darauf, die Betten waagrecht auszurichten. Damit sich die Gäste auch immer davon überzeugen können, wurde bei jedem Bett eine Wasserwaage ins Kopfende eingebaut.

Schilling
Der Schilling ist die offizielle Währung von Kenia und Tansania.

Schizophrenie
Von Geburt an blinde Menschen erkranken nicht an Schizophrenie.

Schlangenstern
Schlangensterne sind wirbellose

Meerestiere mit fünf Armen und einem scheibenförmigen Körper. Ihre Art und Weise zu sehen ist absolut einzigartig. Die Schlangensterne haben keine Augen, können aber in ihrem Skelett kristalline Linsen bilden, mit deren Hilfe sie Bewegungen von Fressfeinden erkennen können.

Schlegels Lanzenotter
Schlegels Lanzenotter (eine Grubenotter) aus Mittelamerika zählt zu den Giftschlangen, die blitzschnell im Bruchteil einer Sekunde zuschlagen können. Die Natur hat diese Schlange allerdings noch mit weiteren erstaunlichen Fähigkeiten ausgestattet. Die zwischen Nase und Augen gelegenen Grubenorgane enthalten Sinneszellen, die wie eine Wärmebildkamera Infrarotstrahlen wahrnehmen. Dadurch entgeht der Schlange auch bei völliger Dunkelheit kein warmblütiges Beutetier. Das Reptil kann aber auch noch, je nach Bedarf, seine Färbung zwischen Goldgelb, Grün, Olivgrün, Braun oder Graubraun ändern.

Schleuderzungensalamander
Wenn sich der in den Bergen der kalifornischen Sierra Nevada beheimatete Schleuderzungensalamander in Sicherheit bringen will, steckt er seinen Kopf unter die Hinterbeine, wickelt den Schwanz um den Körper und zieht die Gliedmaßen ein. Dann lässt er sich wie ein Autoreifen den Hang hinabrollen, sein gummiartiger Körper fängt dabei jeden Stoß ab. Sobald er sich außer Gefahr glaubt, entrollt er sich wieder und sucht Deckung.

Heinrich Schliemann
Der deutsche Archäologe Heinrich Schliemann gilt als der Entdecker der sagenumwobenen Stadt Troja.

Schmetterlinge
Der Mensch schmeckt mit der Zunge. Schmetterlinge schmecken mit den Füßen. Sie haben an allen Füßen Geschmacksrezeptoren, mit denen sie die Blüte, auf der sie sitzen, als potenzielle Futterquelle identifizieren können.

Harald Schmidt
Der Late-Night-Moderator Harald Schmidt blieb in der 12. Klasse mit insgesamt fünf Fünfern im Zeugnis sitzen.

Schmutziger Schnee

Schmutziger Schnee schmilzt schneller als weißer Schnee, da der dreckige Schnee durch die Schmutzpartikel dunkler ist und das Sonnenlicht stärker absorbiert.

Schmutzli

Knecht Ruprecht, der Gehilfe des Heiligen Nikolaus, wird in der deutschsprachigen Schweiz Schmutzli genannt.

Schneckenspinner

Schneckenspinner sind Nachtfalter. Sie lassen sich auf schlafenden Vögeln nieder, stecken ihren Rüssel in den Augenschlitz des Vogels und saugen die Tränenflüssigkeit auf. Der Vogel schläft dabei einfach weiter. Der Schneckenspinner deckt auf diese außergewöhnliche Art und Weise seinen Flüssigkeits-, Eiweiß- und Salzbedarf.

Schneeballwürger

Der Schneeballwürger ist ein Vogel. Wenn er erregt ist, stellt er seine Federn auf und sieht aus wie ein Schneeball.

Schneebäume

Schneebäume oder Schneeflockenbäume gehören zu den Ölbaumgewächsen und kommen entgegen ihrem Namen fast ausschließlich in subtropischen oder tropischen Regionen rund um den Erdball vor.

Schnepfen

Während Hühner gackern und Enten quaken, quorren Schnepfen. Allerdings nur während der Balz.

Mehmet Scholl

Mehmet Scholl, einer der besten deutschen Fußballer aller Zeiten, bestritt in seiner Karriere leider kein einziges Spiel bei einer Fußballweltmeisterschaft.

Petra Schürmann

Die TV-Moderatorin Petra Schürmann wurde 1956 als bisher einzige Deutsche zur Miss World gewählt.

Schwammkugelkäfer

George W. Bush, der 43. Präsident der USA, ist der Namenspate des Schwammkugelkäfers Agathidium bushi.

Schwarze Dahlie

Der Roman *Die schwarze Dahlie* von James Ellroy basiert auf dem grausamen und bestialischen Mord an Elizabeth Short und wurde 2005 erfolgreich verfilmt. In der Natur gibt es die Farbe schwarz bei Dahlien nicht.

Schwarzer Freitag

Der große Börsencrash am 25. Oktober 1929 wurde in Europa als der „Schwarze Freitag" bekannt, der eine weltweite Wirtschaftskrise auslöste. Die entscheidenden Kursverluste fanden aber einen Tag vorher, am Schwarzen Donnerstag, dem 24. Oktober 1929, statt. Einen Schwarzen Freitag hat es im Zusammenhang mit der Weltwirtschaftskrise in New York 1929 also nicht gegeben.

Schwarzer Marlin

Der Schwarze Marlin ist ein Fisch, der sich ziemlich flott fortbewegen kann. Er ist in der Lage, 100 Meter in knapp drei Sekunden zurückzulegen.

Schwarzer Schwan

Schwarze Schwäne lebten ursprünglich in Australien und sind mittlerweile auch in Europa weit verbreitet. Vor allem in englischen Parks kann man den eleganten Wasservogel häufig bewundern.

Schwarzkäfer

Der Schwarzkäfer hat einen besonderen Trick, um mit längeren Trockenperioden fertig zu werden. Wenn die Sonne untergeht, macht er einen Kopfstand und spreizt seine Flügel. Auf diese Weise sammelt er Wasser. Wenn es nachts kühl wird, bilden sich Tautropfen. Die setzen sich an den Flügeln ab und fließen über kleine Rinnen direkt in den Mund des Käfers.

Schweiz, Teil 1

Die Schweiz hat keine Hauptstadt. Man scheute sich, einen Kanton auf diese Weise herauszuheben. Deshalb wechselte von 1803 bis 1848 der Regierungssitz alle zwei Jahre. Dann setzte sich Bern als ständiger Regierungssitz durch. Die amtlich korrekte Bezeichnung ist jedoch nicht Hauptstadt, sondern Bundesstadt.

Schweiz, Teil 2

In den Schweizer Bergen stehen Hunderte Almhütten-Attrappen. Bei diesen Almhütten handelt es sich in Wirklichkeit um getarnte Militärbunker.

Schwertfisch
Die Augenmuskeln des Schwertfisches sind um 15 Grad Celsius wärmer als seine anderen Muskeln. Dadurch ist er in der Lage, seine Augen sehr schnell zu bewegen, und kann Beutetiere deshalb rascher sehen.

Scoville
Die Schärfe von Chilischoten misst man in Scoville-Einheiten.

Seehund
Seehunde haben fast immer genau 88 Barthaare. Die Barthaare dienen den Seehunden als empfindliche Sinnesorgane, um im trüben Wasser Beutetiere aufzuspüren.

Seeschmetterling
Der Seeschmetterling ist ein Fisch.

Seeschwalben
Die Netzhaut der Seeschwalben enthält winzige Tropfen eines roten Öls, das das ins Auge eindringende Licht filtert und dabei nur wenige blaue Lichtstrahlen durchlässt. Dadurch blendet das sich auf der Wasseroberfläche reflektierende Sonnenlicht die Vögel nicht mehr so stark und sie können die Fische unter der Wasseroberfläche besser jagen.

Seestern
Seesterne haben kein Gehirn.

Seewespe
Das Gift der australischen Seewespe, einer Würfelqualle, ist so stark, dass es beim Menschen innerhalb weniger Minuten zum Herzstillstand und somit zum Tode führen kann.

Seifendiebe
Einer Bekanntmachung des Bezirks Mahove (Arizona) zufolge muss jeder, der ein Stück Seife gestohlen hat, sich so lange ohne Pause damit waschen, bis es vollständig aufgebraucht ist.

Sekundenkleber
Der Sekundenkleber reagiert erst mit der Feuchtigkeit in der

Luft, deshalb verklebt er nicht in der Tube.

Selbstmord

Die Bezeichnung Selbstmord ist juristisch unzutreffend, da der Mord die Tötung eines anderen Menschen voraussetzt.

Selbstmörder

Im Großbritannien des 19. Jahrhunderts verurteilte man erfolglose Selbstmörder zum Tode und richtete sie hin.

Seoul

Seoul ist die Hauptstadt von Südkorea. Das koreanische Wort Seoul bedeutet ins Deutsche übersetzt Hauptstadt.

Sesamstraße

Die Sesamstraße wurde 1973 in Deutschland von allen Sendeanstalten eingeführt, nur vom Bayerischen Rundfunk nicht. Die Sesamstraße wurde in den USA vor allem deshalb ausgestrahlt, um Kindern aus sozial schwachen Verhältnissen die Grundregeln von Toleranz und Miteinander beizubringen. Ein weiteres Ziel der Serie war die Vermittlung von einfachem Wissen. Da man in Bayern zu dieser Zeit, nach eigener Meinung, keine sozial schwachen Verhältnisse hatte, machte es aus Sicht des Senders auch keinen Sinn, die Sesamstraße zu senden.

Sesamstraße in Südafrika

In der südafrikanischen Sesamstraße (Takalani Sesame) spielt die gelbe Puppe Kami mit. Kami ist ein fünfjähriges Waisenmädchen, dessen Mama an Aids gestorben ist und das selbst mit dem tödlichen Virus infiziert ist.
Die Figur soll der Krankheit ein menschliches Gesicht geben und zeigen, dass man auch mit aidsinfizierten Kindern ganz normal umgehen kann.

Seychellen-Riesenschildkröte

Die Seychellen-Riesenschildkröte hat eine besondere Strategie zum Schutz ihrer Eier entwickelt. Beim Ausheben des Lochs, in das sie die Eier ablegen möchte, tränkt sie die Erde mit ihrem Urin, der Substanzen enthält, die aus Sand steinharten Zement werden lassen. Auf diese

Weise ist das Nest wirkungsvoll vor Nesträubern geschützt.

Shaolin-Mönche

Die regelmäßig durch Europa tourenden Shaolin-Mönche bieten in ihren Kampfkunstvorführungen eine unterhaltsame Mischung aus Akrobatik, Kung-Fu und Körperbeherrschung. Allerdings kommen auch sie nicht ohne kleine Tricks aus. Zwei Materialforscher des Stahlkonzerns Voest-Alpine untersuchten nach der Show eine Metallstange, die auf dem Kopf eines der Mönche zerschlagen wurde, sowohl chemisch als auch physikalisch. Bei dem Material handelte es sich um sogenanntes weißes Gusseisen, das durch eine schnelle Abkühlung nach dem Gießen extrem spröde geworden ist. Zudem wurde das Metall chemisch behandelt, was die Brüchigkeit des Materials noch verstärkt. Wenn man vor der Show so eine Metallstange einmal kräftig gegen die Wand schlägt, werden dadurch Risse erzeugt, die für das menschliche Auge nicht sichtbar sind. Danach kann man das Eisen mit zwei Fingern zerbrechen.

Siebenundvierzigelf

Die Zahl 4711 des Duftwassers Kölnischwasser steht für die Hausnummer des damaligen Stammhauses in der Glockengasse in Köln.

Siebzehn

Wenn eine Verkäuferin in einem Kaufhaus ihrer Kollegin zuruft: „Ich bin mal auf Siebzehn", meint sie damit, dass sie kurz auf die Toilette geht.

Siemens Halbleiter

Die Firma Siemens Halbleiter kennt man heute unter dem Namen Infineon.

Sierichstraße

Die Sierichstraße in Hamburg wechselt täglich die Richtung, in die man sein Fahrzeug lenken darf.

Die Simpsons

Die Hauptfiguren der Zeichentrickserie *Die Simpsons* heißen Homer, Marge, Lisa, Maggie (Margaret) und Bart. Matt Groening ist der Schöpfer der Zeichentrickserie. Seine Eltern und seine beiden Schwestern heißen

Homer, Marge, Lisa und Maggie (Margaret).

Sin City

Quentin Tarantino führte in einer Szene der Comicverfilmung Sin City Regie, er erhielt dafür einen US-Dollar Gage.

Situs inversus

Ganz wenige Menschen tragen das Herz auf der rechten Seite. Verantwortlich dafür ist eine seltene Besonderheit der Anatomie des Menschen, Situs inversus oder Heterotaxie, bei der sich alle Organe spiegelverkehrt auf der anderen Seite des Menschen befinden.

SMS

Die Abkürzung SMS für die Kurzmitteilungen der Handys ist unkorrekt, da das Kürzel SMS den Trägerdienst bezeichnet (Short Message Service). Der richtige Name für die Kurzmitteilungen wäre SM (Short Message).

Sofawächter

Ein Sofawächter ist eine Matte, die mithilfe von Sensoren auf Druck reagiert und einen schrillen Ton von sich gibt, sobald sich etwas auf ihr befindet. Der Sofawächter dient dazu, Katzen und Hunde davon abzuhalten, sich auf die Couch oder das Bett zu legen.

Solopfannen

Man kann Bratpfannen für Singles käuflich erwerben, die so klein sind, dass man damit nur ein einziges Spiegelei braten kann.

Son Banya

Auf der beliebten Sonneninsel Mallorca gibt es ein Dorf, das kein Reiseführer erwähnt und das in keiner Landkarte verzeichnet ist. Das kleine Örtchen Son Banya in der Nähe von Palma ist als das „Dorf der Dealer“ bekannt und lebt ausschließlich vom Handel mit Drogen. Es wurde 1969 von der Regierung Franco errichtet, um einen Lebensraum für die Roma der Insel zu schaffen. Heute leben dort 450 Gitanos in barackenähnlichen Häusern, aus deren Fenstern sie Kokain und Heroin verkaufen.

Sonne

Die untergehende Sonne erscheint uns oftmals röter als die aufgehende Sonne, da die Luft am Abend im Allgemeinen staubiger und verdreckter ist als am Morgen desselben Tages.

Sonnenblumen

Die Sonnenblume besitzt die erstaunliche Fähigkeit, gefährliche Gifte aufzunehmen. So wird sie in dem radioaktiv verseuchten Gebiet um Tschernobyl eingesetzt, um die kontaminierten Böden zu reinigen. Das funktioniert auch im Wasser. So können sechzig Sonnenblumen einen Teich mit 75 Metern Durchmesser innerhalb weniger Wochen von radioaktiven Metallen befreien. Die Pflanzen werden anschließend als radioaktiver Müll entsorgt.

Sonnenbrand bei Pflanzen

Nicht nur Menschen, auch Pflanzen können einen Sonnenbrand bekommen. Pflanzen lagern spezielle Pigmente in ihre oberste Gewebeschicht ein, um das Eindringen von UV-Strahlen in das tiefer liegende Gewebe zu verhindern. Manchen Pflanzen wie den weißen Weintrauben, Himbeeren oder bestimmten Apfelsorten gelingt das nicht so gut und sie bekommen einen Sonnenbrand, der sich durch farbige Flecken bemerkbar macht.

Sozialstaat

„Sie werden es nicht glauben, aber es gibt soziale Staaten, die von den Klügsten regiert werden; das ist bei den Pavianen der Fall."
(Konrad Lorenz)

Spanische Treppe

Die spanische Treppe befindet sich nicht in Spanien, sondern in Rom.

Specht

Spechte bekommen keine Kopfschmerzen, obwohl sie regelmäßig mit ihrem Schnabel wuchtig gegen Bäume hämmern. Die knöcherne Hülle des Gehirns ist bei Spechten stärker als bei anderen Vögeln. Außerdem ist der Schnabel mit dem Schädel so verbunden, dass er eine ähnliche Wirkung wie ein Stoßdämpfer hat.

Spiegelbild

In einem Spiegelbild sind zwar links und rechts vertauscht, nicht aber oben und unten.

Steven Spielberg

Steven Spielberg ist der Patenonkel der Schauspielerin Gwyneth Paltrow.

Spielkarten

Zur Standardausrüstung britischer Piloten im Zweiten Weltkrieg gehörten auch Spielkarten. Wenn man diese Spielkarten mit Wasser aufspaltete, kam eine versteckte Landkarte zum Vorschein.

John Spilsbury

Im Jahre 1767 zersägte der Engländer John Spilsbury eine auf Holz gespannte Landkarte des britischen Königreichs, deren Teile wieder korrekt zusammengefügt werden sollten. Er verkaufte sein Legespiel als Lehrmittel zur Erleichterung des Erdkundeunterrichts und hatte damit großen Erfolg. Das Puzzle war erfunden.

Spinnen

Spinnen haben für das Problem, sich nicht in ihrem eigenen Netz zu verfangen, verschiedene Lösungen entwickelt. Viele Spinnenarten achten beim Weben des Netzes darauf, einige Fäden ohne Klebstoff zu belassen. Auf diesen Fäden laufen sie dann. Andere Spinnenarten haben winzige Drüsen an ihren Füßen, die ein Öl absondern, das das Anhaften der Spinne verhindert.

Spionageflugzeug

Die im Spionageflugzeug Lockheed U2 Dragon Lady installierte Spezialkamera ist in der Lage, aus einer Flughöhe von über 21 Kilometern Details von 30 Zentimeter Größe aufzunehmen.

Sprache

Die Sprache, die weltweit von den meisten Menschen gesprochen wird, ist chinesisch. Wenn man alle chinesischen Dialekte (z. B. Mandarin, Kanton …) zusammenrechnet, sprechen über eine Milliarde Menschen Chinesisch. Auf den Plätzen 2 und 3 folgen Spanisch (332 Millionen) und Englisch (322 Millionen).

Staatsverschuldung

Laut Angaben des Bundes der Steuerzahler betrug der Schuldenstand der Bundesrepublik Deutschland im Januar 2005 1.418 Milliarden Euro, was 65,9 % des Bruttoinlandsproduktes entsprach. 1960 entsprach die Verschuldung noch 18,5 Prozent des Bruttoinlandsproduktes.

Statue

Bei den meisten römischen Statuen war der Kopf abnehmbar, damit man ihn durch einen anderen Kopf ersetzen konnte, falls die dargestellte Person unpopulär wurde.

Stechmücke

Bei den Mücken stechen nur die Weibchen. Während sich die männlichen Stechmücken nur von Pflanzensäften ernähren, benötigen die Weibchen Proteine, um Eier zu bilden, und müssen deshalb Blut zu sich nehmen.

Steinfisch

Der Steinfisch tarnt sich fast perfekt als Stein und hat ein Gift in den Rückenstacheln, das auch für den Menschen tödlich sein kann.

Steppenschuppentier

Das Steppenschuppentier ist im östlichen und südlichen Afrika zu Hause und sieht aus wie ein großer Tannenzapfen.

Steuerbetrug mit Kindern

Am 15. April 1987 änderten die US-amerikanischen Steuerbehörden eine Vorschrift. Was zur Folge hatte, dass sieben Millionen amerikanische Kinder spurlos verschwanden. Statt jedes zum Haushalt gehörende Kind nur namentlich aufzulisten, mussten die Steuerpflichtigen ab sofort für jedes Kind eine Sozialversicherungsnummer angeben. Auf diese Weise verschwanden sieben Millionen Kinder von der Bildfläche, sie hatten zuvor lediglich als Phantome in den Steuererklärungen zum Zweck des Steuerbetrugs existiert.

Stevia-Pflanze

Die Stevia-Pflanze ist um ein Vielfaches süßer als Haushaltszucker und hat kaum Kalorien. Sie wird vor allem in Japan schon seit Jahren erfolgreich als Süßungsmittel eingesetzt.

Stier

Stiere sind farbenblind, sie können nur verschiedene Grautöne unterscheiden. Deshalb ist es egal, ob der Torero den Stier mit einem roten oder andersfarbigen Tuch reizt.

Stimmbruch

Bis zur Pubertät sind die Stimmbänder bei Jungen genauso lang wie bei Mädchen. Doch dann wachsen sie innerhalb weniger Wochen um rund einen Zentimeter. Deshalb haben Männer einen Stimmbruch und Frauen nicht.

Stimmlagen

Man unterteilt die Singstimmen in sechs Stimmlagen: Sopran, Mezzosopran, Alt, Tenor, Bariton, Bass.

Stinksalat

Der Stinksalat (Giftlattich) wurde früher wegen seiner beruhigenden und schmerzstillenden Wirkung benutzt, um Patienten vor Operationen zu betäuben.

Stirnlappen-Basilisk (Jesusechse)

Der Stirnlappen-Basilisk kann über das Wasser laufen. Er macht sich dabei die Tatsache zunutze, dass es immer von der Geschwindigkeit abhängt, ob Wasser beim Aufprall hart oder weich ist. Der Stirnlappen-Basilisk tritt mit seinen Hinterbeinen sehr schnell ins Wasser. Dadurch hat das Wasser genug Gegendruck, um das Gewicht der Echse zu halten. Doch Schnelligkeit ist in diesem Fall nicht alles, zusätzlich setzt der Basilisk seinen Fuß fast senkrecht auf die Wasseroberfläche, wodurch ein Luftkissen entsteht, das für die nötige nach oben gerichtete Kraft sorgt.

Hannah Stockbauer

Die deutsche Schwimmweltmeisterin Hannah Stockbauer trat am 09. Oktober 2005 im Alter von 23 Jahren vom Leistungssport zurück.

Edmund Stoiber

Der CSU Politiker Edmund Stoiber musste die siebte Klasse am Gymnasium wegen Latein wiederholen.

Strauch

Der Unterschied zwischen einem Baum und einem Strauch besteht darin, dass der Baum einen langen Stamm hat, von dem aus die Äste wachsen. Ein Strauch verzweigt sich bereits in Bodennähe.

Martin Strel

Der 52-jährige Slowene Martin Strel brach 2007 den Weltrekord im Distanzschwimmen, als er den Amazonas hinabschwamm. Er legte dabei in 66 Tagen 5.268 Kilometer zurück. Zu seinen persönlichen Fitnesstricks befragt, verriet Strel lediglich: „Ich trinke täglich eine Flasche slowenischen Wein – um bei Laune zu bleiben."

Stress

Stress wird mit zahlreichen schweren Erkrankungen wie Arthritis, Dermatitis, Depressionen, Psychosen und Krebs in Verbindung gebracht. Mittlerweile weiß die Wissenschaft aber auch, was uns den meisten Stress verursachen kann. Es ist weder der viel zitierte Zeitdruck noch der allgegenwärtige Leistungsdruck, sondern es sind vor allem die Menschen in unserer Umgebung. Der Ärger mit dem Chef oder der Streit mit dem Ehepartner kann uns mitunter über Wochen belasten.

Stromrechnung

Die Bürger in Großbritannien besitzen keinen Personalausweis. Stattdessen wird dort gerne, beispielsweise zur Eröffnung eines Bankkontos, die aktuelle Stromrechnung vorgezeigt. Sie ist quasi amtlich und man kann aus ihr den Wohnsitz des Betreffenden entnehmen.

Maria Stuart

Maria Stuart wurde 6 Tage nach ihrer Geburt zur Königin von Schottland gekrönt.

Studienabbrecher

Stefan Raab, Günther Jauch, Jörg Pilawa und Bill Gates haben eine Sache gemeinsam. Sie haben alle ihr Studium abgebrochen.

Beckenbauer Sua-In

Der thailändische Profifußballer Sua-In heißt Beckenbauer mit Vornamen.

Südafrika
Die Hauptstadt von Südafrika ist weder Kapstadt noch Johannesburg, sondern Pretoria.

Südpol
Am Südpol ist es deutlich kälter als am Nordpol. Der Temperaturunterschied lässt sich zum größten Teil mit der unterschiedlichen Höhenlage erklären. Der Nordpol (mit einer monatlichen Durchschnittstemperatur von –30 Grad Celsius im Winter) liegt auf Meereshöhe, der Südpol dagegen (mit rund –60 Grad Celsius Durchschnittstemperatur) befindet sich 2.800 Meter über dem Meeresspiegel auf der Eiskappe des antarktischen Kontinents.

Patrick Süskind
Der Roman *Das Parfum* des deutschen Schriftstellers Patrick Süskind stand 9 Jahre lang in der Bestsellerliste des Magazins *Der Spiegel*.

Supermarkt
Supermärkte sind häufig so gebaut, dass der Kunde vom Eingang zur Kasse eine Linkskurve läuft.

Synsekten
Synsekten sind kleine, den Insekten nachempfundene Mini-Roboter, die das Militär in der Zukunft als moderne Waffe einsetzen möchte. Eine künstliche Stubenfliege, ausgestattet mit modernster Technik, könnte überall unauffällig hinfliegen und mit ihrer integrierten Kamera vieles ausspionieren. Eine synthetische Libelle, ausgerüstet mit einer winzigen Atomwaffe, könnte, ohne großes Aufsehen zu erregen, einen verheerenden Anschlag durchführen.

T

Tabaksteuer

Die deutschen Raucher gaben 2005 über 20 Milliarden Euro für Rauchwaren aus, und der deutsche Staat nahm dadurch 14,4 Milliarden Euro an Steuern ein.

Tafelwasser

Unter dem Begriff Tafelwasser versteht man künstlich hergestelltes Mineralwasser.

Tagpfauenauge

Die Raupen des Tagpfauenauges ernähren sich nur von Brennnesseln.

Tannenbaum

In dem Lied „Oh Tannenbaum" heißt es „oh wie grün sind deine Blätter", obwohl eine Tanne keine grünen Blätter hat, sondern Nadeln.

Tannenzapfen

Die Zapfen, die man bei Spaziergängen im Wald oft auf dem Boden findet, sind keine Tannenzapfen, sondern Fichtenzapfen. Bei den Tannenzapfen fallen nur Samenschuppen ab, die dann zu Boden schweben. Fichtenzapfen dagegen fallen als Ganzes ab.

Tapetum Lucidum

Hunde und Katzen besitzen eine spezielle reflektierende Schicht (Tapetum Lucidum), die ihnen hilft, bei Nacht besser zu sehen. Das Tapetum Lucidum spiegelt das Licht, das die Netzhaut bereits passiert hat, nochmals zurück, sodass die Sinneszellen ein zweites Mal gereizt werden, was das Sehvermögen in der Dämmerung und annähernder Dunkelheit deutlich verbessert. Diese Schicht sorgt auch dafür, dass bei Hunden und Katzen kein Rote-Augen-Effekt eintritt. Tiere, die kein Tapetum Lucidum besitzen (Sibirische Huskys oder Siamkatzen), zeigen, genau wie der Mensch, einen Rote-Augen-Effekt, wenn sie beim Fotografieren direkt in die Kamera sehen.

Tarragona

Am 11. Juli 1978 geriet ein mit mehreren Tonnen Propylengas beladener Tanklastzug infolge eines geplatzten Reifens auf der Nationalstraße 340 in der Nähe der spanischen Küstenstadt Tarragona ins Schleudern und explodierte genau neben dem Campingplatz Los Alfaques. Das Gas des Tanklasters entzündete sich an den zahlreichen Campingkochern und Butangasflaschen und löste eine verheerende Kettenreaktion aus. Eine Feuerwalze fegte über den Campingplatz und vernichtete jeden Wohnwagen und jedes Zelt. Über 200 Urlauber starben dabei. Das Unglück ging als Jahrhundertkatastrophe in die Geschichte ein. Heute ist der Campingplatz wieder in normalem Betrieb. An seinen Außenmauern befindet sich eine Wandmalerei als Denkmal des Unglücks.

Tatort, Teil 1

Udo Lindenberg spielte in der Tatort-Melodie das Schlagzeug. Der erste Tatort ging am 29. November 1970 auf Sendung und die Titelmelodie wurde von Klaus Doldinger komponiert.

Tatort, Teil 2

Vor jeder Tatort-Folge läuft jedes Mal der gleiche Vorspann, in dem zwei blaue Augen zu sehen sind. Diese Augen gehören Horst Lettenmeyer.

Tatzen

Die einzigen Tiere, bei denen man die Pfoten Tatzen nennt, sind Bären und Katzen.

Taube

Im Schnabel einer Taube befinden sich winzige Eisenoxid-Moleküle, die wie Kompassnadeln auf Magnetfelder reagieren und über Nervenfasern mit dem Gehirn verbunden sind. Das Ganze funktioniert wie ein eingebauter biologischer Kompass und Tauben können sich dadurch hervorragend orientieren.

Tauchen

Ein Taucher mit Pressluft sollte nicht tiefer als 66 Meter tauchen, da die Pressluft ab dieser Tiefe giftig wird. Sauerstoff mit einem Partialdruck von über 1,6 bar wirkt ab einer Einwirkungszeit von 45 Minuten giftig.

Teewurst
Die Teewurst heißt Teewurst, weil sie der Fleischermeister Carl Müller, der als Erfinder dieser Wurstsorte gilt, regelmäßig zu seinem Nachmittagstee gegessen hatte. Nach und nach bürgerte sich dann der Name Teewurst für diese Wurstsorte ein.

Teilverdauung
Haie können unbeschreiblich große Mengen an Beute verschlingen. Im vollgefressenen Zustand fasten sie aber oftmals über längere Zeit. Dabei hilft ihnen ein erstaunliches Phänomen, die Teilverdauung. Zurzeit nicht benötigte Nahrung bleibt fast unverdaut über Wochen im Magen und wird erst später in Nährsäfte aufgelöst.

Temudschin der Schmid
Temudschin der Schmid war ein mongolischer Eroberer, der als Dschingis Khan weltweit Berühmtheit erlangte.

Margaret Thatcher
Die frühere Premierministerin von Großbritannien Margaret Thatcher arbeitete vor ihrer politischen Karriere als Chemikerin. Das Team, in dem sie bei der Firma J. Lyons & Co. tätig war, erfand das Softeis.

Theobromin
Schokolade kann für Hunde giftig sein, da sie Theobromin enthält. Theobromin gehört zu den Methylxanthinen und ist ein Bestandteil der Kakaobohne. Hunde verfügen nicht über geeignete Enzyme und Stoffwechselwege, um es abzubauen.

Benjamin Thompson
Sir Benjamin Thompson war als erster und einziger Amerikaner Minister in Bayern. Er wurde 1753 in Massachusetts geboren und trat 1784 in die Dienste des bayerischen Kurfürsten Karl Theodor. Er modernisierte das Militär, legte den Englischen Garten in München an und führte die Kartoffel in Bayern ein.

Tick, Trick & Track
Tick, Trick und Track heißen in Norwegen Ole, Dole und Doffen.

Tingo
Das Wort Tingo bezeichnet auf

den Osterinseln einen Begriff, der so viel bedeutet wie „sich so viele Dinge von einem Freund ausleihen, bis der nichts mehr hat".

Tip & Tap
Die zwei Maskottchen bei der Fußballweltmeisterschaft 1974 in Deutschland hießen Tip und Tap.

Titanic
Der amerikanische Tiefseeforscher Robert D. Ballard und Jean-Louis Michel fanden am 01. September 1985 bei einer Expedition das Wrack der Titanic. Sie verwendeten dafür ein Gerät namens Argo, das mit Sonar und Kamera ausgestattet mit einem Verbindungskabel über den Meeresboden geschleppt wurde. Das Schiffswrack befindet sich in einer Tiefe von 3.803 Meter.

Tomatenfrosch
Der seltene Madagaskar-Engmaul-Frosch wird wegen seiner roten Färbung auch Tomatenfrosch genannt. Der Tomatenfrosch ist einer der wenigen Frösche, der Zähne hat. Er lebt in den Urwäldern Madagaskars und ist vor allem nachts aktiv. Seine Anwesenheit gibt er mit einem Laut bekannt, der dem Gackern eines Huhnes ähnelt. Wenn man ihn berührt, sondert er aus seinen Hautdrüsen ein Sekret ab, das bei Menschen die Finger anschwellen lässt.

Top 100
Schon mit 700 verkauften CDs pro Woche kann man auf einem Platz unter den TOP 100 der deutschen Albumcharts landen.

Topolino
In Deutschland kennt man die Comicfigur als Mickey Mouse. In Italien nennt man sie Topolino.

Totes Meer
Der Salzgehalt des Toten Meeres beträgt bis zu 33 Prozent, im Durchschnitt rund 28 Prozent. Der Salzgehalt des Mittelmeeres liegt bei ca. 3 Prozent.

Totmannknopf
Der Totmannknopf ist ein Schalter, den der Lokführer eines Zuges während der Fahrt alle 30 Sekunden drücken muss.

Sobald er das getan hat, wird die Zeituhr erneut für 30 Sekunden aktiviert. Das hat den Zweck, zu überwachen, ob der Lokführer noch arbeitsfähig und nicht eventuell eingeschlafen ist oder, noch schlimmer, einen Herzanfall erlitten hat. Drückt der Lokführer den Knopf nicht, ertönt zunächst ein akustisches Warnsignal. Gleichzeitig fordert ein Blinklicht den Lokführer auf, den Totmannknopf sofort zu betätigen. Tut er das auch nach den Warnsignalen nicht innerhalb von 2,5 Sekunden, wird der Zug automatisch gebremst.

Bernd Trautmann

Der Torwart Bernd Trautmann spielte ein Pokalendspiel mit gebrochenem Genick zu Ende. Das F.A.-Cup-Finale 1956 im Londoner Wembley Stadion zwischen Manchester City und Birmingham City ist in England immer noch unvergessen. Eine Viertelstunde vor Ende der Partie brach sich Trautmann bei einem Zusammenprall mit einem gegnerischen Spieler einen Halswirbel und spielte das Finale dennoch zu Ende. Bernd Trautmann wurde 1956 als erster ausländischer Spieler in England zum Fußballer des Jahres gewählt.

Trottellumme

Die Trottellummen sind Seevögel, die ihre Eier auf steilen Felsklippen ablegen, wo die Gefahr sehr groß wäre, dass die Eier ins Meer fallen. Das passiert aber nicht, da die Eier an einem Ende spitz zulaufen und so stets im Kreis kullern.

Lynne Truss

Das Buch *Eats, Shoots and Leaves* von Lynne Truss stand in Großbritannien mehrere Wochen an der Spitze der Bestsellerlisten. Es beschäftigt sich mit den Auswirkungen falscher Interpunktion. Der Titel stammt aus einem Bericht über die Nahrungsaufnahme von Pandabären und bedeutet aufgrund des falsch gesetzten Kommas: *Isst, schießt und haut ab.* Ohne das falsche Komma lautet der korrekte Titel des Berichts: *Frisst Sprösslinge und Blätter.*

Tsingtao

Tsingtao (Qingdao) in China stand von 1897 bis 1914 unter deutscher Herrschaft.

Tsunami

Das japanische Wort Tsunami bedeutet Hafenwelle.

TSV 1860 München, Teil 1

Der Löwe im Wappen des TSV 1860 München hat zwei Schwänze.

TSV 1860 München, Teil 2

Franz Beckenbauer, der Präsident des FC Bayern München, wurde am 07. November 1998 das 20.000 Mitglied des TSV 1860 München.

Türkensattel

Der Türkensattel (Keilbein) ist ein Knochen im menschlichen Schädel.

Türkisch

Das türkische Alphabet kennt kein X.

TÜV

Der TÜV hieß bei seiner Gründung DÜV, Dampfmaschinen-Überwachungs-Verein.

Turacus

Der Turacus ist ein Vogel aus den Regenwäldern Afrikas. Wenn seine Federn nass werden, verlieren sie ihre Farbe.

Turmfalken

Junge Turmfalken tarnen sich als Weibchen, um den Angriffen ihrer älteren und stärkeren Artgenossen zu entkommen. Ihr Gefieder nimmt die Farbe des Gefieders eines Weibchens an. Erst wenn sie kräftig genug sind, um sich zu verteidigen, ändert sich die Farbe des Gefieders wieder.

U

U-Boot

Die HMS Venturer (P68) der Royal Navy ist das bisher einzige U-Boot, das getaucht ein anderes getauchtes U-Boot versenkt hat. Im Februar 1945 wurde die Venturer nach der Entschlüsselung deutscher Geheimnachrichten in das Seegebiet nach Fedje beordert, wo sie das deutsche U-Boot U 864 abfangen sollte. Am 09. Februar 1945 wurden die Maschinengeräusche des deutschen U-Boots bemerkt und kurze Zeit später befahl Kommandant James H. Launders Gefechtsbereitschaft. Der U 864 fiel es jedoch auf, dass sie verfolgt wurde, und begann Zickzackmanöver zu fahren. Drei Stunden nach Beginn der Verfolgungsjagd entschloss sich Launders, seine letzten vier Torpedos in den von ihm vermuteten Kurs des deutschen U-Boots zu feuern. Um 12 Uhr und 12 Minuten ließ der Kommandant die Torpedos abfeuern und ging gleichzeitig auf Tiefe, um Gegenangriffen auszuweichen. Den ersten drei Torpedos konnte das deutsche U-Boot erfolgreich ausweichen, dem vierten nicht. Durch die Explosion wurde die U 864 in zwei Hälften gerissen und sank mit der gesamten Besatzung.

Überfall

Wenn eine Frucht eines Baumes auf ihrem Grundstück auf das Grundstück eines ihrer Nachbarn fällt, nennt man das nach § 911 des Bürgerlichen Gesetzbuches (BGB) *Überfall.*
§ 911 (BGB), Überfall: *Früchte, die von einem Baum oder einem Strauch auf ein Nachbargrundstück hinüberfallen, gelten als Früchte dieses Grundstücks. Diese Vorschrift findet keine Anwendung, wenn das Nachbargrundstück dem öffentlichen Gebrauch dient.*

Überwachung per Handy

Bestimmte Internetseiten wie www.follow-us.co.uk ermöglichen es, andere Menschen jederzeit anhand ihres Mobiltelefons zu lokalisieren. Einige Arbeitgeber nutzen diesen Service schon, um ihre Außendienstmitarbeiter durch die GPS-Ortung mit ihren Handys zu überwachen.

Übungsgummi

Ein Übungsgummi ist eine Auflage aus Gummi, die man auf die Trommeln eines Schlagzeugs legt, damit man geräuschärmer üben kann.

Ulm

Der Turm der Ulmer Münsters ist mit 161,53 Metern der höchste Kirchturm Deutschlands.

Undine-Syndrom

Das Undine-Syndrom ist eine angeborene Erkrankung des Nervensystems, bei der der Körper sozusagen vergisst zu atmen. Der Betroffene muss sich ständig darauf konzentrieren ein- und wieder auszuatmen.

Ungeduld

„Gras wächst nicht schneller, indem man daran zieht."

United Airlines

In den Dreißigerjahren durften die Stewardessen von United Airlines maximal 115 Pfund (57,5 kg) wiegen, um Gewicht zu sparen, damit die Flugzeuge mehr Luftpost transportieren konnten.

Universität Paris

Die Universität in Paris ist die größte der Welt. Dort studieren momentan über 312.000 Studenten (Stand 2007).

Unzufriedenheit

„Statt zu klagen, dass wir nicht alles haben, was wir wollen, sollten wir lieber dankbar sein, dass wir nicht alles bekommen, was wir verdienen."
(Dieter Hildebrandt)

Jona Ustinov

Jona Ustinov, der Vater des Schauspielers Sir Peter Ustinov, war ein Top-Spion des britischen Geheimdienstes MI5.

Uxorizid

Wenn Sie Uxorizid begangen haben, dann haben Sie Ihre Ehefrau getötet.

V

Vakuum, Teil 1

In einem Vakuum fallen alle Gegenstände gleich schnell, egal wie groß oder schwer sie sind. Der Astronaut David Scott ließ im Rahmen der Apollo-15-Mission vor laufender Kamera auf dem Mond eine Adlerfeder und einen Hammer fallen. Beide fielen gleich schnell.

Vakuum, Teil 2

Wasser im Vakuum fängt erst an zu sieden und gefriert dann nach einer gewissen Zeit.

Vampirfledermaus

Der Speichel der Vampirfledermaus enthält das blutgerinnungshemmende Enzym DSPA (Desmodus rotundus Salivary Plasminogen Activator), das sehr wichtige Impulse für die Behandlung von Schlaganfallpatienten geliefert hat.

Vincent van Gogh

Der Maler Vincent van Gogh schnitt sich einen Teil seines Ohres ab und schenkte es in ein blutiges Taschentuch eingewickelt einer Prostituierten.

Vaterfreuden

Charlie Chaplin, Clint Eastwood und Pablo Picasso wurden mit über 60 Jahren nochmals stolzer Papa.

Vatikanstadt

Vatikanstadt ist der kleinste eigenständige Staat der Welt. Er liegt innerhalb des Stadtgebietes von Rom, hat eine Fläche von 0,45 Quadratkilometern und ca. 800 Einwohner.

Vegetarier

Albert Einstein, Thomas Alva Edison und Mahatma Gandhi waren allesamt Vegetarier.

Vegetarismus

Der kanadische Sänger Bryan Adams ist seit Beginn der Neunzigerjahre Vegetarier. In einem Interview mit der Zeitschrift Brigitte sagte er dazu: „Seitdem ich kein Fleisch mehr esse, habe ich nie mehr irgendeine Infektion gehabt, nicht mal einen Schnupfen.“

Venedig
Die Stadt Venedig steht auf Holzpfählen. In diese Holzpfähle wurden mit Druckluft Eisennägel geschossen. Die Nägel beginnen dann, im Wasser zu rosten, und durchziehen die Eichenpfähle mit Rost. Muscheln, Krebse und Würmer knabbern das nun mit Rost durchzogene Holz nicht mehr so gerne an, was zur Folge hat, dass diese Stützpfähle deutlich länger halten.

Verschwundene Tage
Die Menschen in Deutschland gingen am Abend des 04. Oktober 1582 ins Bett, und als sie am nächsten Morgen aufwachten, war der 15. Oktober 1582. An diesem Tag wurde die Zeitrechnung vom julianischen auf den gregorianischen Kalender umgestellt. Das bedeutete, dass auf den 04. Oktober der 15. Oktober folgen musste. Der von Julius Caesar eingeführte julianische Kalender war 0,0078 Tage länger als das tropische Jahr. Bis zum 04. Oktober 1582 war dieser Unterschied auf 10 Tage angewachsen, die durch die gregorianische Kalenderreform einfach gestrichen wurden.

Versicherungen
Die Deutschen gaben 2006 rund 161,6 Milliarden Euro für Versicherungspolicen aus.

Versicherungskammer Bayern
Die Bayerische Versicherungskammer nennt sich seit 1995 Versicherungskammer Bayern.

Verstand
„Natürlicher Verstand kann fast jeden Grad von Bildung ersetzen, aber keine Bildung den natürlichen Verstand.“
(Arthur Schopenhauer)

Vexillologie
Ein Vexillologe studiert Fahnenkunde und beschäftigt sich mit Flaggen, Fahnen, Bannern und Wimpeln.

Via Alfredo Renzi
Die Straße *Via Alfredo Renzi* in Neapel gibt es nicht. Trotzdem sind mit dieser Adresse in Neapel viele Menschen gemeldet. Der

Grund für diesen Widerspruch ist die folgende Vorschrift: Wer in Italien medizinische oder soziale Hilfe in Anspruch nehmen will, muss einen Wohnsitz haben. Da das für Obdachlose unmöglich ist, wurden in einigen Städten erfundene Straßen eingerichtet. Dort dürfen die Obdachlosen ihren Wohnsitz anmelden und können dann medizinische Behandlung genießen.

Vielfraß

Der Vielfraß (Bärenmarder) ist ein Tier aus der Familie der Marder. Er besitzt enorme Körperkräfte und kann Beutetiere erlegen, die deutlich größer sind als er selbst. Sogar Pumas, Wölfe und Bären gehen ihm aus dem Weg.

Vieraugenfisch

Der Vieraugenfisch lebt in Mittelamerika und den Küstengebieten Südamerikas. Er hat eigentlich gar nicht vier Augen, sondern nur zwei, die aber durch ein Hautband jeweils in eine obere und eine untere Hälfte geteilt sind. Da der Fisch strikt an der Wasseroberfläche lebt, ist diese Teilung der Augen für ihn lebensnotwendig. Denn mit der oberen Augenhälfte beobachtet er den Luftraum, um sich vor Raubvögeln zu schützen und nach Insekten zu jagen. Die untere Hälfte braucht er, um rechtzeitig vor Raubfischen flüchten zu können. Für diese außergewöhnlichen Anforderungen benötigen die Augen jedoch unterschiedlich dicke Linsen. Der Vieraugenfisch ist somit der tatsächliche Erfinder der bifokalen Linse. Nach dem Vorbild seiner Augen wurden die zweigeteilten Brillen erfunden, für Menschen, die gleichzeitig kurz- und weitsichtig sind.

Leonardo da Vinci

Leonardo da Vinci war Italiener, er schrieb italienisch, und trotzdem konnten viele Italiener seine Schriften nicht lesen. Denn Leonardo da Vinci verschlüsselte seine Notizen in Spiegelschrift, damit sie nicht jeder sofort verstehen konnte. Auch in seinen Konstruktionszeichnungen vertauschte er kleine, aber wichtige Details, weshalb ein nach der Zeichnung angefertigter exakter Nachbau nicht funktionstüchtig gewesen wäre. Das ergaben experimentelle Nachbauten, die in den Neunzigerjahren durchgeführt wurden.

Vitamin C

Nach der EU-Nährwertkennzeichnungsrichtlinie (EU-NW-KRL 90/496/EWG) enthalten Erdbeeren mehr Vitamin C als Zitronen oder Orangen. Am vitaminreichsten sind Hagebutten.

W

Wabenzi
Die Ghanaer nennen einen reichen Menschen, der sich einen Mercedes Benz leisten kann, einen Wabenzi (= der Herr, der den Benz fährt).

Jimmy Wales
Jimmy Wales ist der Gründer der Wikipedia (www.wikipedia.org), einer freien und für den Nutzer völlig kostenlosen Enzyklopädie im Internet. Er verfolgt damit äußerst konsequent das Ziel, kostenloses Wissen für alle Menschen zur Verfügung zu stellen.

Walfisch
Die Bezeichnung Walfisch ist irreführend, da Wale keine Fische sind, sondern zu den Säugetieren gehören.

Wallaby
Das Wallaby ist ein Känguru. Wallabys erreichen eine Größe von 40 bis 90 cm und werden maximal 25 kg schwer.

Wallraffa
Die Recherche eines Journalisten durch Einschleusung in ein unmittelbares Umfeld eines Reportageziels mithilfe einer fiktiven Identität nennt man in Schweden *wallraffa*. Das Verb entstand aufgrund der Recherchen des Buchautors Günter Wallraff und wurde in die aktuelle Wortliste der Schwedischen Akademie aufgenommen.

Wal-Mart
Die umsatzstärkste Firma der Welt ist mit 219,8 Milliarden US-Dollar die amerikanische Supermarktkette Wal-Mart. Sie ist mit 1,3 Millionen Beschäftigten auch der größte Arbeitgeber der Welt.

Wanderfalke
Ein Wanderfalke erreicht im Sturzflug Geschwindigkeiten von über 300 km/h.

Henry Wanyoike
Im Mai 2004 lief der Afrikaner Henry Wanyoike den Boston-Marathon in 2 Stunden, 33 Minuten und 20 Sekunden. Henry Wanyoike (www.henry4gold.com) ist blind.

Washington
Vor dem Kapitol in Washington (D.C.) steht ein Mann, der regelmäßig die US-Flagge rauf- und wieder runterholt, weil man dort eine echte US-Flagge, die tatsächlich vor dem Kapitol geweht hat, für 22 US-Dollar kaufen kann. Wenn eine Flagge verkauft wurde, hisst er eine neue.

Wasserfloh
Wasserflöhen wächst eine Schutzhaube, wenn sie in ihrer Umgebung dauerhaft vielen Feinden ausgesetzt sind.

Weintrauben
Weintrauben gibt es nicht nur in den Farben Blau, Rot, Weiß oder Grün, sondern auch Gelb.

Weiß
Die Farbe Weiß wird durch die sieben Regenbogenfarben gebildet.

Weiße Fliegen
Alle männlichen Besucher des Wiener Opernballs müssen zu ihren dunklen Anzügen weiße Fliegen tragen, da es nicht zu peinlichen Verwechslungen mit den Kellnern kommen soll, die zu ihren dunklen Anzügen stets schwarze Fliegen tragen.

Weiße Folter
Foltermethoden, die keine offensichtlichen Spuren an den Opfern hinterlassen, werden weiße Folter genannt. Dazu gehört auch das Waterboarding. Beim Waterboarding wird das Opfer auf ein Brett geschnallt, sodass seine Füße höher liegen als sein Kopf. Dann wird ihm ein Tuch fest über das Gesicht gelegt. Das Tuch wird nun ständig mit Wasser begossen. Der Gefolterte kann dabei nur sehr schwer atmen und bekommt binnen kürzester Zeit das Gefühl zu ertrinken. Der Widerstand der meisten Opfer bricht bei dieser Methode innerhalb weniger Minuten.

Weiße Lügen

Der Autor Günther Beyer differenziert zwischen weißen Lügen, die dazu dienen, Mitmenschen zu schonen, und schwarzen Lügen, mit denen man den Mitmenschen schaden möchte.

Weißer Hai, Teil 1

Der Beißdruck eines Weißen Hais kann bis zu 3 Tonnen pro Quadratzentimeter betragen.

Weißer Hai, Teil 2

Obwohl sich der Weiße Hai als der größte Raubfisch der Weltmeere fühlen darf, so ist er doch nicht das größte Raubtier im Meer und hat deshalb auch noch natürliche Feinde wie den Schwertwal. Eine Konfrontation zwischen diesen beiden mächtigen Tieren ist zwar relativ selten, aber es wurde schon mehrfach beobachtet, wie ein Weißer Hai von einem Schwertwal getötet wurde. Der Orca erledigt seinen Tiefseerivalen, indem er dem Hai seine Schnauze von unten so heftig in den Magen rammt, dass der Magen platzt.

Weißhandgibbons

Die putzigen Äffchen sind wasserscheue Nichtschwimmer. Wenn Weißhandgibbons dennoch einmal in einem Tümpel landen, ertrinken sie, ohne auch nur einen Versuch unternommen zu haben, sich zu retten.

Weißrückengeier

Der Weißrückengeier lebt in Afrika südlich der Wüste Sahara, wo es bis zu 50 Grad heiß werden kann. Deshalb uriniert und kotet er sich auf seine Beine, um dadurch seine Körpertemperatur abzusenken und seine Beine abzukühlen.

Weißrussland

Weißrussland ist das einzige Land Europas, das noch die Todesstrafe anwendet.

Weltfußballer des Jahres

Bis heute (Stand Januar 2008) wurden ausschließlich Spieler zum Weltfußballer des Jahres gewählt, die zum Zeitpunkt der Wahl entweder in der spanischen Primera Division oder der italienischen Serie A aktiv waren.

Weltwunder

Das einzige der klassischen

Sieben Weltwunder, das heute noch erhalten ist, ist die Cheopspyramide von Gizeh.

Welwitschia-Pflanze

Die Welwitschia mirabilis aus Südafrika entfaltet in ihrem ganzen Pflanzendasein nur zwei Blätter. Diese zwei Blätter können aber dafür bis zu acht Metern lang werden.

Chuck Wepner

Der übergewichtige Amateurboxer Chuck Wepner hielt 1975 tapfer und blutüberströmt 15 Runden gegen den Weltmeister Muhammad Ali durch und inspirierte dadurch Sylvester Stallone dazu, das Drehbuch für seinen Kinoerfolg *Rocky* zu schreiben.

Werksspionage

Immer mehr Firmen, die ihr Geld mit technischen Innovationen verdienen, verbieten ihren Mitarbeitern, Handys mit auf das Werksgelände zu bringen, da sich diese Geräte (mit Foto und Kamerafunktion ausgestattet) exzellent zur Werksspionage eignen.

Whiskey

Der Getreidebranntwein Whiskey wird in Schottland und Kanada *Whisky* geschrieben, in Irland und USA *Whiskey*.

Wiedenborstel

Die amtsangehörige Gemeinde Wiedenborstel (Postleitzahl 24613) im Kreis Steinburg in Schleswig Holstein hat derzeit 4 Einwohner (Stand 30. September 2004). Wiedenborstel ist damit, bezogen auf die Einwohnerzahl, die kleinste Gemeinde Deutschlands.

Wiener Schnitzel

Ein echtes Wiener Schnitzel muss mit Kalbfleisch zubereitet sein. Ein Schnitzel Wiener Art darf mit Schweinefleisch zubereitet werden.

Wildboyz

Die beiden Stuntman und Abenteurer Steve-O und Chris Pontius machen in ihrer Show *Wildboyz* unter anderem folgende haarsträubende Sachen: Chris und Steve-O springen von einem Fischerboot ins Meer, obwohl das Boot von einem 4 Meter großen Weißen Hai umkreist wird. Chris holt sich mit der bloßen Hand einen Keks, der auf eine zusammengerollte angriffsbereite Klapperschlange gelegt wurde, ohne dabei gebissen zu werden.

Robbie Williams

Der englische Musiker Robbie Williams, der als einer der erfolgreichsten Künstler der Welt gilt, leidet dessen ungeachtet zeitweise unter schweren Depressionen.

Helmut Winklhofer

Der Spieler des FC Bayern München Helmut Winklhofer erzielte in der Saison 1985/86 im Spiel gegen Bayer Uerdingen das Tor des Monats, allerdings mit einem fulminanten Eigentor aus 30 Metern.

Wölfe

Wölfe fressen Brennnesseln, wenn sie Magenschmerzen haben.

Wörterbuch

Sie können das Wörterbuch einer Sprache, die in keinem Land der Erde jemals offiziell gesprochen wurde, käuflich erwerben. Es handelt sich dabei um das Wörterbuch von Marc Okrand *Star Trek – das offizielle Wörterbuch. Klingonisch – Deutsch / Deutsch – Klingonisch*

Wolfsburg

Die niedersächsische Großstadt Wolfsburg trug bis 1945 den Namen *Stadt des KdF-Wagens bei Fallersleben.*

Wolfsspinne

Nicht alle Spinnen jagen ihre Beute mit Netzen. Fast alle Arten der Wolfsspinnen (z. B. Taranteln) weben keine Spinnennetze, sondern lauern ihrer Beute auf.

Wombat

Wombats sind in Australien lebende Beuteltiere, die in Erdbauten leben, die sie mit ihren Pfoten ausgraben. Bei Gefahr flüchten sie in diese Höhlen und verstopfen den Eingang mit ihrem Hinterteil. Das können sie gelassen riskieren, da das Hinterteil eines Wombats mit dicken Hornplatten gepolstert ist.

Tiger Woods
Der erfolgreiche Golfer „Tiger“ Woods heißt Eldrick mit Vornamen.

Word
Wenn man in das Textverarbeitungsprogramm Word von Microsoft =rand() eingibt und dann die Returntaste drückt, erscheint der Fantasietext *Franz jagt im komplett verwahrlosten Taxi quer durch Bayern.*

Wunderbeere
Die Wunderbeere ist eine Pflanzenart aus der Familie der Sapotengewächse. Ihre ursprüngliche Heimat ist das tropische westliche Afrika. Wenn man ihr Fruchtfleisch mindestens zwei Minuten kaut, so schmecken alle Lebensmittel rund eine Stunde lang süß, sogar Zitronen. Ursache dafür ist das Glycoprotein Miraculin, das die Wunderbeere enthält. Diese Substanz wurde durch den japanischen Wissenschaftler Professor Kenzo Kurihara isoliert, und sein Team arbeitet nun daran, aus Miraculin ein neues zuckerfreies Süßungsmittel herzustellen.

Wunderkerzen
Mit Tesafilm umwickelte Wunderkerzen brennen auch unter Wasser.

X

Xamax Neuchâtel

Der Name Xamax des Schweizer Fußballvereins Xamax Neuchâtel ist ein Palindrom aus dem Vornamen des Mitgründers Max Abegglen, der Xam genannt wurde.

Y

Yach

Yach in Baden-Württemberg (Postleitzahl 79215) ist der einzige Ort in ganz Deutschland, dessen Name mit Y beginnt.

Z

Zahnpasta

Aus einer 75-ml-Tube kommen 2,80 Meter Zahnpasta, wenn man sie vollständig ausquetscht.

Abraham Zapruder

Der Hobbyfilmer Abraham Zapruder filmte als Zuschauer des Präsidentenempfanges in Dallas zufällig das Attentat auf John F. Kennedy am 22. November 1963. Nach der Entwicklung des 8-mm-Films gingen zwei Kopien an den Geheimdienst und eine durfte Zapruder behalten, die er für 150.000 US-Dollar an das Life Magazine verkaufen konnte. Das Original lagert heute noch im Staatsarchiv der USA.

Zaubertinte

Zaubertinte verschwindet durch Kohlendioxid in der Luft nach kurzer Zeit wieder. Das Kohlendioxid neutralisiert die basische Lösung der Zaubertinte, und die Indikatoren, die die Färbung anzeigen, verblassen wieder.

Branko Zebec

„Warum kommt der Mann so frei zum Schuss?", fragte Branko Zebec, der damalige Trainer des HSV, nach einem kurzen Nickerchen auf der Trainerbank, als er gerade bei einem Elfmeter für die gegnerische Mannschaft wieder aufwachte.

Zebrastreifen

In Sindelfingen gibt es Zebrastreifen aus Marmor. Bei dem Marmor handelt es sich um den sehr hochwertigen und teuren Carrara-Marmor aus Italien.

Zeit

„Die Zeit ist eine großartige Lehrerin, aber leider tötet sie all ihre Schüler."
(Louis-Hector Berlioz)

Zeitmanagement

Die schlechte Nachricht: Die Zeit fliegt. Die gute Nachricht: Du bist der Pilot.

Zinedine Zidane

Zizou, der Spitzname des französischen Weltklassefußballers Zidane, bedeutet übersetzt so viel wie „das weiße Kätzchen".

Ziege

Die Pupillen einer Ziege sind nahezu rechteckig.

Zikaden

Die amerikanische Zikade, die auch Siebzehnjahr-Zikade genannt wird, gräbt sich sofort nach der Geburt in den Erdboden ein. Dort bleibt die Larve dann still und unbemerkt für genau 17 Jahre. Nach diesen 17 Jahren verlässt sie dann ihr unterirdisches Versteck, ist geschlechtsreif, paart sich und legt Eier, um die Erhaltung ihrer Art zu sichern. Nach ein paar Wochen stirbt sie. 17 Jahre später wird dann die nächste Zikaden-Generation die amerikanische Ostküste unsicher machen.

Zippo

Auf Zippo-Feuerzeuge gibt es eine lebenslange Garantie.

Zitteraal

Der Zitteraal ist kein Aal, er zählt zu den Messerfischen.

Zitterspinne

Der Name der Zitterspinne geht auf ein interessantes Verhalten zurück. Wird die Spinne in ihrem Netz gestört oder fühlt sie sich bedroht, schwingt sie sofort mit hoher Geschwindigkeit hin und her. Dadurch verschwinden die Umrisse der Spinne, sie wird fast unsichtbar und der mögliche Angreifer lässt fast immer von der potenziellen Beute ab.

Zodiac-Killer

Der brutale und geheimnisumwitterte Zodiac-Killer war ein Serienkiller, der die Stadt San Francisco und die Bay Area seit 1968 heimsuchte. In provozierenden Briefen, die er an verschiedene Zeitungen schickte, versteckte er Hinweise auf seine Identität, die er jedoch mit so ausgeklügelten Chiffren verschlüsselte, dass sie nicht einmal von den erfahrensten Experten der CIA, FBI oder NSA gelöst werden konnten. Er wurde nie gefasst.

Zunge
Die Zunge ist der einzige Muskel im menschlichen Körper, der nur an einer Seite (am Zungenbein) befestigt ist.

Zwergmaus
Die Zwergmaus ist mit sechs Gramm so leicht, dass sie bequem auf einer Löwenzahnblüte sitzen kann.

Zwiebel
Die Zwiebel gehört zur Familie der Liliengewächse.

Zwillinge
Die Brüder Kaydon und Layton Richardson aus der ostenglischen Stadt Middlesbrough sind Zwillinge und haben trotzdem ungleiche Hautfarben. Das ist sehr selten. Die beiden stammen aus einer Beziehung, die ihre dunkelhäutige Mutter Kerry mit einem weißen Mann hatte.

Danksagung

Ich danke meinen Kindern Niklas und Anna, die felsenfest davon überzeugt waren, dass ihr Papa ein schönes Buch geschrieben hat, obwohl die beiden zu diesem Zeitpunkt noch gar nicht lesen konnten.

Literatur & Internet

Leider kann ich an dieser Stelle nicht alle Quellen benennen, die ich bei der Recherche für das vorliegende Werk durchgesehen habe, denn sonst hätte ich damit fast ein zweites Buch füllen können. Deshalb habe ich im Folgenden nur einige der wichtigsten Bücher und Internetseiten angegeben, die sich für mich bei der Suche nach erstaunlichen Tatsachen als besonders hilfreich erwiesen haben.

Ankowitsch Christian Dr.: *Kleines Universal-Handbuch.* Eichborn Verlag, Frankfurt 2005, ISBN 3-8218-4931-2

Asimov Isaac: *Buch der Tatsachen.* Gustav Lübbe Verlag GmbH, Bergisch Gladbach 1981, ISBN 3-404-60049-5

Eduard Augustin, Philipp von Keisenberg, Christian Zaschke: *Ein Mann, ein Buch.* Süddeutsche Zeitung GmbH, München 2007, ISBN 978-3-86615-487-2

Bezzel Einhard: *BLV Handbuch Vögel.* BLV Buchverlag GmbH & Co. KG, München 2006, ISBN 3-8354-0022-3

Biermann Christoph: *Fast alles über Fußball.* Kiepenheuer & Witsch, Köln 2005, ISBN 3-462-03639-4

Boinod Adam Jacot de: *Was heißt hier Tingo?* Wilhelm Goldmann Verlag, München 2006, ISBN 978-3-442-15427-2

Boning Wigald, Eligmann Barbara: *clever! Das Wissensbuch.* Rowohlt Taschenbuchverlag, 4. Auflage April 2006, ISBN: 3-499-62150-9

Botham Noel: *The World's greatest Book of useless information.* John Blake Publishing Ltd 2004, ISBN 1-84454-069-3

Brown Augustus: *Warum Pandas Handstand machen.* Ullstein Buchverlage GmbH, Berlin 2007, ISBN 978-3-550-08692-2

Bryson Bill: *Frühstück mit Kängurus.* Wilhelm Goldmann Verlag, München 9. Auflage 2002, ISBN 3-442-45379-8

Cerman Zdenek, Barthlott Wilhelm, Nieder Jürgen: *Erfindungen der Natur. Bionik – Was wir von Pflanzen und Tieren lernen können.* Rowohlt Verlag GmbH, Hamburg 2005, ISBN 3-499-62024-3

CUS: *Der Coup, die Kuh und das Q.* Eichborn Verlag, Frankfurt Juli 2007, ISBN 978-3-8218-6015-2

Das neue BGB Bürgerliches Gesetzbuch. Naumann & Göbel Verlagsgesellschaft, ISBN 3-625-10379-6

Der Brockhaus Nobelpreise – Chronik außergewöhnlicher Leistungen. 2. Auflage, Mannheim, Leipzig 2004, ISBN 3-7653-0492-1

Der Große Brockhaus in einem Band. 1. Auflage, Leipzig 2003, ISBN 3-7653-3141-4

Dobelli Rolf: *Wer bin ich? 777 indiskrete Fragen.* Diogenes Verlag 2007, ISBN 978-3-257-065633

Downer John: *Fantastisches Tierreich. Zwischen Legende und Wirklichkeit.* vgs, Auflage 2002, ISBN 3-8025-1480-7

Dröscher Vitus: *WAS IST WAS, Band 95, Haie und Rochen.* Tessloff Verlag, ISBN 3-7886-0637-1

Edelman Joe, Samson David: *Useless Knowledge.* St. Martin's Griffin, New York 2002, ISBN 0-312-29017-9

Feldman David: *Haben Pinguine Knie?* Goldmann Verlag, München 1995, ISBN 3-442-43058-5

Fisher Len: *Der Versuch, die Seele zu wiegen.* Campus Verlag, Auflage 2005, ISBN 3-593-37765-9

Gaede, Rehländer (Hg.): *Wer pumpt die Luft in die Paprika?* Rowohlt Taschenbuchverlag, ISBN 3-499-62086-3

Graysmith Robert: *ZODIAC Auf der Spur eines Serienkillers.* Heyne Verlag, April 2007, ISBN 978-3-453-50035-8

Grimm Hans-Ulrich: *Die Suppe lügt. Die schöne neue Welt des Essens.* Klett-Cotta Stuttgart, zwölfte Auflage 2007, ISBN 978-3-608-93613-1

Guinness World Records 2005. ISBN 3-89681-008-1

Haefs Hanswilhelm: *Das ultimative Handbuch des nutzlosen Wissens.* dtv-Verlag, Mai 2004, ISBN 3-423-20206-8

Haig Matt: *Die 100 größten Marken-Flops.* Redline-Verlag, Frankfurt 2004, ISBN 3-478-25560-0

Harder Bernd: *Warum machen Querstreifen dick?* Knaur Taschenbuchverlag, April 2007, ISBN 978-3-426-77941-5

Hochschild Arlie Russell: *Das gekaufte Herz.* Campus Verlag, 2. Auflage 2006, ISBN 978-3-593-38012-4

Höcker Ralf Dr. jur.: *Lexikon der Rechtsirrtümer.* Ullstein Verlag, 5. Auflage 2005, ISBN 3-548-36659-7

Jacobs A. J.: *Britannica & ich.* List Verlag, 2. Auflage 2006, ISBN: 3-471-79513-8

Kasack Wolfgang: *Dostojewski. Leben und Werk.* Insel-Verlag 1998, ISBN 3-458-33967-1

Köthe Rainer Dr.: *WAS IST WAS, Band 98, Kriminalistik.* Tessloff Verlag, ISBN 978-3-7886-0661-9

Kollmer Norbert: *Kleines Lexikon der juristischen Kuriositäten und Rekorde.* Eichborn Verlag, Frankfurt 2002, ISBN 3-8218-3757-8

Krämer Walter, Trenkler Götz, Krämer Denis: *Das neue Lexikon der populären Irrtümer.* Piper Verlag, ISBN 3-492-22797-X

Kranes Marsha, Worth Fred, Steve Tamerius: *5087 TRIVIA Questions & Answers.* Black Dog & Leventhal Publishers, ISBN 1-57912-086-5

Kruszelnicki Karl: *Wie Telefone Fische fangen.* Piper Verlag, München 2004, ISBN 3-492-04644-4

Kruszelnicki Karl: *Dr. Karls neue Geschichten aus der Wissenschaft.* Piper Verlag, München 2006, ISBN 3-492-04656-8

Kupfer Bernhard: *Lexikon der Nobelpreisträger.* Düsseldorf 2001, ISBN 3-491-72451-1

Levitt Steven, Dubner Stephen: *Freakonomics.* München 2006, Riemann Verlag, ISBN: 978-3-570-50064-4

Louis David: *Wussten Sie schon, dass …?* Heyne Verlag, München 1979, ISBN 3-453-41332-6

Louis David: *2201 Fascinating Facts.* Wings Books New York, ISBN 0-517-395746

Ludwig Mario, Kögel Friedrich: *Natur Rätsel, Fakten und Rekorde unglaublich aber wahr.* blv, ISBN 3-405-16911-9

Ludwig Mario, Kögel Friedrich: *Die Erde Rätsel, Fakten und Rekorde unglaublich, aber wahr.* blv, ISBN: 978-3-8354-0141-9

McLain Bill: *Do Fish Drink Water?* HarperCollinsPublishers, 1999, ISBN 0-688-16512-5

McLain Bill: *What Makes Flamingos Pink?* HarperCollinsPublishers, 2002, ISBN 0-06-019826-5

Mister Q: *25.000 Dinge, die verblüffen.* Verlag im Wissen Media Verlag GmbH, Gütersloh 2003, ISBN 3-577-13515-8

Murphy Edwin: *Einstein im Einmachglas.* ECON Taschenbuch Verlag, Düsseldorf 1995, ISBN 3-612-26382-X

Newman Stanley: *10.000 Answers The Ultimate Trivia Encyclopedia.* Gramercy Books, New York 2004, ISBN 0-517-22370-8

Niermann Ingo, Sack Adriano: *Breites Wissen.* Eichborn Verlag, Frankfurt/Main 2007, ISBN 978-3-8218-5669-8

O'Hare Mick: *Wie dick muss ich werden, um kugelsicher zu sein?* S. Fischer Verlag, Frankfurt/Main 2006, ISBN 978-3-596-17408-9

Perl Herbert (Hg.): *Die verhinderten Weltmeister.* Verlag Antje Kunstmann GmbH 2006, ISBN 3-88897-430-5

Pöppelmann Christa: *Die neuen Irrtümer der Allgemeinbildung.* Compact Verlag München, 2006, ISBN 978-3-81745107-4

Pollmer Udo, Warmuth Susanne: *Lexikon der populären Ernährungsirrtümer.* Piper Verlag, München 2004, ISBN 3-492-24023-2

PONS *Wörterbuch der Jugendsprache.* 2006, Klett-Verlag, ISBN 3-125-17651-4

Pott Eckart: *Ravensburger Tierlexikon von A–Z.* Ravensburger Buchverlag, 2005, ISBN 3-473-35999-8

Ranjit Thomas: *Everything you always wanted to know, but didn't know where to look.* Writers Club Press, ISBN 0-595-00571-3

Reichblum Charles: *Knowledge in a Nutshell.* ISBN 0-9660991-8-4

Richardson Matthew: *Das populäre Lexikon der ersten Male.* Piper Verlag, München Juli 2002, ISBN 3-492-23388-0

Rothbart Davy: *Absender unbekannt. Gefundene Zettel, Mitteilungen und Briefe.* Kein & Aber AG Zürich, 2007, ISBN 978-3-0369-5243-7

Ruby Claudia: *Einstein im Aquarium.* Knaur Taschenbuchverlag, München September 2007, ISBN 978-3-426-77964-4

Salny Abbie und Marvin Grosswirth: *Genie Rätsel.* DuMont Buchverlag Köln, 2004, ISBN 3-8321-7471-0

Schmittberger Wayne R.: *The Original Trivia Treasury.* John Wiley & Sons, New York 1990, ISBN 0-471-52759-9

Schmitz Rainer: *Was geschah mit Schillers Schädel? Alles, was Sie über Literatur nicht wissen.* Eichborn Verlag 2006, ISBN 3-8218-5775-7

Schneider Reto U.: *Das Buch der verrückten Experimente.* Bertelsmann Verlag 2004, ISBN 3-570-00792-8

Schott Ben: *Schotts Almanach 2007.* Berlin Verlag GmbH, Berlin 2006, ISBN 3-8270-0664-3

Schott Ben: *Schotts Sammelsurium.* Berlin Verlag GmbH, Berlin 2004, ISBN 3-8270-0546-9

Scientific American (Hg.): *Was macht das Licht, wenn's dunkel ist?* Rowohlt Taschenbuchverlag, Hamburg 2005, ISBN 3-499-61693-9

Staguhn Gerhard: *Warum fallen Katzen immer auf die Füße?* Deutscher Taschenbuch Verlag, München 2004, ISBN 3-423-62190-7

Symons Mitchell: *This Book.* Published 2004 by Bantam Press, ISBN 0-593-05348-6

Symons Mitchell: *Wussten Sie das auch schon …?* Wilhelm Goldmann Verlag, München 2005, ISBN 3-442-15335-7

The Economist: *Das wunderbare Wirtschaftssammelsurium.* Econ, Berlin 2006, ISBN: 978-3-430-20004-2

Thierbach Dieter: *Warum gräbt der Maulwurf?* Ullstein Verlag Berlin, 1. Auflage Dezember 2004, ISBN 3-548-36712-7

Timmerberg Helge: *Timmerbergs Tierleben.* Solibro-Verlag Münster, 2. Auflage 2006, ISBN 3-932927-28-1

Wallechinsky David, Wallace Irving & Amy: *Rowohlts Bunte Liste.* Rowohlt Taschenbuchverlag, Hamburg 1983, ISBN 3-499-15181-2

Wolke Robert L.: *Was Einstein seinem Friseur erzählte.* Piper Verlag, München 2001, ISBN 3-492-23746-0

Zeigler Arnd: *1.000 ganz legale Fußballtricks.* 2006 Humboldts Verlags GmbH, Baden-Baden, ISBN 978-3-89994-077-0

Zittlau Jörg: *Warum Robben kein Blau sehen und Elche ins Altersheim gehen.* Econ Verlag, Berlin 2007, ISBN 978-3-430-30012-4

www.aerzteblatt.de
www.aerztekammer-bw.de
www.all-in.de
www.aquarienfische.de
www.arages.de
www.brockhaus-multimedial.de
www.br-online.de
www.cia.gov
www.crimelibrary.com
www.daserste.de/druckfrisch
www.das-tierlexikon.de
www.ddb.de
www.duden.de
www.faunistik.net
www.faz.net
www.fbi.gov
www.finanznachrichten.de
www.fishbase.org
www.giftpflanzen.com
www.goldseiten.de
www.haiwelt.de
www.kidsweb.at
www.kopfball.de
www.luegenmuseum.de
www.malediven-islands.de
www.medport.de
www.natur-lexikon.com
www.neon.de
www.netdoktor.de
www.patientenleitlinien.de
www.pm-magazin.de
www.pm-perspektive.de
www.prochina.de
www.raucherportal.de
www.serienkiller.net
www.spechte-online.de
www.spiegel-online.de
www.stern.de
www.sueddeutsche.de
www.timesonline.co.uk
www.w-akten.de
www.weichtiere.at
www.wikipedia.com
www.wikipedia.de
www.wissen.de
www.wissenschaft.de
www.wissenschaft-online.de
www.world-of-animals.de
www.worldwideconchology.com
www.zdf.de
www.zeit.de